Theo Lehmann

Nimm dein Haar aus der Suppe

REDEN FÜR JUNGE LEUTE

Aussaat Verlag Neukirchen-Vluyn

ABCteam

ABCteam Bücher erscheinen in folgenden Verlagen:
Aussaat- und Schriftenmissions-Verlag
Neukirchen-Vluyn
R. Brockhaus Verlag Wuppertal
Brunnen Verlag Gießen (und Brunnquell Verlag)
Christliches Verlagshaus Stuttgart (und Evangelischer Missionsverlag)
Oncken Verlag Wuppertal und Kassel

2. Auflage 1991

Titelgestaltung: Meussen/Künert, Essen
Druck: Steinbeck-Druck, Sprockhövel
Printed in Germany
ISBN 3-7615-3407-8

Inhalt

Nicht zu vergessen

»Der Daniel hat in der Löwengrube ja auch nicht den Löwen in den Schwanz gekniffen. Muß denn der unbedingt diese politischen Witze machen?« — Nicht allen Christenmenschen hat es gepaßt, wie Theo Lehmann in die Wespennester stach. Dabei fand er selber, wie ich beobachtete, daß er ziemlich zurückhaltend war. Man brauchte eben nur die alten biblischen Geschichten zu erzählen, und jeder spürte, wie das Wort Gottes Menschen und Situationen entlarvte. Es hat eine brisante Aktualität, weil es das Wort des lebendigen Gottes ist.

Wessies werden manche Anspielungen gar nicht richtig mitkriegen. Bei dem Affentempo der Veränderungen erinnern einige Bezüge an Vergangenes. Vor nicht allzu langer Zeit hatten sie noch bedrückende Gegenwart im Visier. Gut, daß wir uns das beim Lesen noch einmal vergegenwärtigen können. Es ist nicht hilfreich, allzu schnell zu vergessen.

Das Evangelium von Jesus trifft uns im Gewissen. Unsere Gottlosigkeit wird entlarvt. Das tut weh, aber es lockt uns mitsamt unserem Versagen in die Arme des barmherzigen Vaters.

Sehr viele junge Menschen haben die Predigten von Theo Lehmann gehört. Ich hoffe und wünsche, daß noch mehr sich durch das Lesen dieser Reden zu Jesus rufen lassen.

Ulrich Parzany

Ein Verrückter sucht Familie

Markus 3,31-35

Das jiddische Wort für »Verwandtschaft« heißt *mischpoche*. Ein kleiner Judenjunge, der das nicht weiß, fragt seinen Vater: »Vater, mischpoche, ist das was zum Essen?« Darauf der Vater: »Nee, das ist was zum Kotzen.«
Kurt Tucholski schreibt:
»Die Familie (familia domestica communis, die gemeine Hausfamilie) kommt in Mitteleuropa wild vor und verharrt gewöhnlich in diesem Zustande. Sie besteht aus einer Ansammlung vieler Menschen verschiedenen Geschlechts, die ihre Hauptaufgabe darin erblicken, ihre Nasen in deine Angelegenheiten zu stecken. Wenn die Familie größeren Umfang erreicht hat, nennt man sie ›Verwandtschaft‹. Die Familie erscheint meist zu scheußlichen Klumpen geballt . . . Die Familie ist sich in der Regel heftig zum Ekel. Die Familienzugehörigkeit fördert einen Krankheitskeim, der weit verbreitet ist: Alle Mitglieder der Innung nehmen dauernd übel.«
So war's auch bei der Familie von Jesus. Jesus hat ja nicht als freischwebendes Exemplar gelebt, sondern als Glied einer ganz normalen Familie. »Normal« heißt: Er hatte eine Mutter, die Maria, einen Vater, den Joseph, und einen Haufen Geschwister, Jungs und Mädchen. Von den Jungs wissen wir sogar die Namen: Jakobus, Joseph, Judas und Simon.
Also wenn die alle um den Frühstückstisch saßen und Knäcke aßen oder am Heiligabend Nüsse knackten, da war das schon ein ganz schönes Geklapper, und der olle Joseph wird manchmal Mühe gehabt haben, in die Truppe Zucht und Ordnung reinzukriegen.
Jedenfalls: Es war eine Durchschnittsfamilie — Durchschnittsverdienst, Durchschnittsreligiösität —, alles, wie es sich gehört. Der älteste Sohn war brav zu Hause, als

Bauhandwerker sich und den Seinen das Brot verdienend — mit einem Wort: nett; die Normalfamilie von Nazareth!

Panik auf dem Kirchentag

Und dann müssen die Eltern eines Tages feststellen, daß Jesus aus dieser Norm ausbricht. Der leistet sich solche Graupen, daß sie den Eindruck haben: Jesus, unser Großer, ist nicht normal.
Zum ersten Mal war ihnen das beim Kirchentag aufgefallen. Der fand in Jerusalem statt; die Eltern wollten unbedingt da hin, weil dort Gerhard Schöne auftrat und Willi Schwabe aus der »Rumpelkammer«*. Und weil Jesus schon zwölfe war, durfte er mit.
Lief auch alles gut, aber auf dem Heimweg gab's Trouble — Jesus war verschwunden. Maria und Joseph waren in größter Aufregung — zurück nach Jerusalem, in allen Diskos und Jugendherbergen, auf allen Zeltplätzen gesucht . . . und als sie ihn endlich nach drei Tagen gefunden hatten, saß er im Tempel und diskutierte mit den Schriftgelehrten.
Mama Maria hängt sich dazwischen und stellt *die* Frage, die in solchen Situationen *alle* Mütter zu stellen pflegen, also: »Aber Junge, wie konntest du uns das nur antun« (Lk 2,48)? Und da gibt der Zwölfjährige eine Antwort, mit der die Eltern überhaupt nichts anfangen können, eine Antwort die zum ersten Mal zeigt, daß Jesus anders ist als andere. (»Anders« heißt in der Bibel »heilig«. Und »heilig« heißt »zu Gott gehörend«.)
Also, als die Mutter händeringend sagt: »Aber Junge, wie konntest du uns das nur antun?« Sieh mal, dein Vater und ich haben dich ganz verzweifelt gesucht«, da antwortet er: »Warum habt ihr mich gesucht? Habt ihr denn

---

* Gerhard Schöne: bekannter Sänger; Willi Schwabe: Schauspieler; »Rumpelkammer«: beliebte Fernsehsendung in der DDR

nicht gewußt, daß ich ins Haus meines Vaters gehöre« (Lk 2,49)? Er sagt also zu seinem Vater, der ihn nach Hause holen will, daß er nicht nach Hause gekommen ist, weil er im Haus seines Vaters sein muß. Maria und Joseph verstehen Bahnhof. Vers 50: »Sie verstanden kein Wort von dem, was er zu ihnen sagte.«
»Wißt ihr nicht, daß ich im Haus meines Vaters sein muß?« — Hier läßt Jesus zum ersten Mal blicken, daß er nicht nur zwei *Väter* hat (Joseph, seinen irdischen, und Gott, seinen himmlischen), sondern auch zwei *Familien.* Eines Tages kommt es zu einem Konflikt zwischen beiden Familien, und Jesus muß mal klarstellen, zu welcher Familie er nun eigentlich gehört und wer seine wahren Verwandten sind. Unter dieser Überschrift — »Die wahren Verwandten Jesu« — wird das in der Bibel berichtet; es steht in Markus 3,31ff, und das will ich euch heute erzählen.

Jesus flippt aus

Wir setzen noch mal beim Kirchentag ein, wo Jesus sich von seinen Eltern abgesetzt hatte und die entsetzt waren, daß er im Tempel saß . . . — »Wie konntest du uns das nur antun?«
Auf dem Heimweg, als Josephs Trabi gleichmäßig einschläfernd klappert und Jesus auf dem Rücksitz eingepennt ist, kommt es zu einer ernsten Aussprache zwischen den Eltern. Zum Schluß kommt Joseph zu dem Ergebnis: »Mutter, ich sage dir, mit unserem Großen stimmt was nicht. Irgendwie ist der nicht normal.«
Als sie am nächsten Tag zu Hause sind, geht alles wieder seinen normalen Gang. Jesus fügt sich in den familiären Ablauf; es gibt aus seiner Teenager- und Twenzeit keine besonderen Vorkommnisse zu berichten.
Erst als er so um die dreißig ist, flippt er wieder aus, aber diesmal endgültig. Ohne Vorankündigung läßt er seine Zimmermannsaxt liegen, verläßt seine Familie,

seine Heimatstadt Nazareth, läßt sich mit zweifelhaften Elementen ein — mit zwölf Männern macht er eine Kommune auf — und zieht mit denen durch das Land.
Er fängt an zu predigen, aber ganz anders, als es die Leute von anderen Predigern gewohnt sind. Bei ihm steckt unwahrscheinlich viel Power dahinter, so daß die einen entsetzt, die andern begeistert sind. Dann fängt er auch noch an, Kranke zu heilen, Teufel auszutreiben, Sünden zu vergeben; ist nachsichtig mit Nutten und grantig mit Gelehrten; tritt in jedes Fettnäpfchen, rennt in der Amtskleidung eines religiösen Lehrers herum und benimmt sich — vom Standpunkt seiner Familie aus gesehen — wie ein Verrückter.
Im ganzen Land ist er bekannt wie ein gescheckter Hund. Alle reden von ihm: »Hamse schon gehört? Der Sohn vom Zimmermann Joseph ist auf dem religiösen Trip! Der macht auf Guru, der läßt sich von seinen Anhängern schon als Sohn Gottes feiern! Dem fehlen ein paar Schrauben!«
Das alles ist für die brave Familie schon peinlich genug. Aber als Jesus eines Tages mit seinen Kumpels in der Nähe von Nazareth auftaucht, kann Joseph nicht länger schweigend zusehen. Als Familienoberhaupt beruft er eine Vollversammlung der Familie ein. Es wird beschlossen, Jesus, das schwarze Schaf der Familie, mit Gewalt nach Hause zu holen, denn — so lautet die Begründung — er ist verrückt. So steht das hier, Markus 3,21. Seine eigene Familie erklärt ihn für verrückt!
Wenn es damals psychiatrische Kliniken gegeben hätte, hätten die ihn dort einweisen lassen. Die hätten ihn ins Irrenhaus gesteckt — der ist doch nicht ganz normal!
Eine feine Familie! Und nun rücken sie also an, um Jesus zu holen, abzuholen. Vers 31: »Und es kamen seine Mutter und seine Brüder und standen draußen, schickten zu ihm und ließen ihn rufen.«

Gut gemeint, aber draußen

Es ist interessant, daß seine Verwandten hier von der Bibel buchstäblich als Außenstehende bezeichnet werden. Sie stehen draußen, während Jesus drin ist, im Kreis seiner Freunde. Es gibt bei Jesus ein klares Drinnen und Draußen. Das wird sogar in der Ewigkeit so sein. Da gibt's welche, die sind drin, im Himmel, und da gibt's welche, die sind draußen, in der Hölle. Und wo wirst du deine Ewigkeit verbringen? Drinnen oder draußen? Das hängt davon ab, wo du heute stehst.

Außenstehende sind Leute, die nicht auf Jesus stehen und deshalb verloren gehen. Denn wer nicht an Jesus glaubt, geht verloren.

Solche Leute waren damals Maria und die Brüder, von denen die Bibel an anderer Stelle (Joh 7,5) extra bezeugt: »Auch seine Brüder glaubten nicht an ihn.«

Solange du nicht an Jesus glaubst, stehst du außerhalb von Gottes Reich. Sogar als Sympathisant bist du immer noch ein Außenstehender, steht dir das Beste im Leben noch bevor: daß du deinen Standpunkt aufgibst und Jesus als den Herrn deines Lebens annimmst.

Seine Mutter und seine Geschwister haben das später gemacht. Sie haben erkannt, daß Jesus der Sohn Gottes ist — aber das war viel später, erst nach der Kreuzigung. Hier stehen sie noch als Außenstehende herum, die Jesus für einen Verrückten halten. Wenn *die* sich geändert haben, habe ich die Hoffnung, daß auch *du* dich ändern kannst. Deshalb lade ich dich ein, Christ zu werden. Selbst wenn du das alles ziemlich verrückt findest, was du hier in der Kirche hörst, kann aus dir trotzdem ein Christ werden. Und zwar einfach deshalb, weil Jesus will, daß du einer wirst. *Er* will — die Frage ist nur, ob *du* willst.

Maria und die Brüder wollten also nicht. Die wollten nicht zu Jesus hinkommen, sondern die wollten, daß er zu ihnen rauskommt. Sie schickten jemanden rein, der

ihn rausrufen sollte. Jesus ist mitten unter den Massen, mitten in der Predigt, da wird er unterbrochen durch die Meldung — Vers 32 —: »Sieh doch mal, deine Mutter und deine Brüder und deine Schwestern stehen draußen und wollen was von dir.«
Das ist so, wie wenn man heutzutage mitten aus einer wichtigen Sitzung ans Telefon gerufen wird: »Sie werden dringend von Ihren Angehörigen verlangt!«
Jesus rührt sich nicht vom Fleck. Er bleibt hart, wo sich die Familie vordrängen will. Und ich will hier weder Jesus noch der Familie falsche Motive unterstellen. Jesus bleibt nicht etwa aus Angst sitzen, weil er fürchtet, daß die ihm was tun, sondern die Sache ist genau umgekehrt: Die Familie hat Angst, daß Jesus etwas angetan wird von seinen vielen Gegnern. Seine Familie, das wollen wir mal nicht unterschätzen, meint es gut mit ihm. Sie hat ein reines Motiv, denn sie handelt aus Liebe und Fürsorge.
Der Junge ist nicht normal, und wenn der so weitermacht mit seinen aufreizenden Reden, dann machen die ihn eines Tages fertig. Womöglich wird er verhaftet, — davor will ihn seine Familie bewahren. Sie merken irgendwie, daß Jesus, wenn er so weitermacht, auf eine Katastrophe zusteuert — und wir wissen ja heute, daß sie das ganz richtig gespürt haben: Jesus ist auf dem Wege zum Kreuz.

Erbmassenchristen gibt es nicht

Keine drei Jahre nach diesem Ereignis werden ihn seine Feinde bei lebendigem Leib an ein Kreuz nageln, — menschlich gesehen tatsächlich eine Katastrophe.
Aber Jesus sieht das anders. Er sieht das mit den Augen des Gehorsams. Er *muß* ans Kreuz, und alles, was er tut, dient nur diesem einen Ziel. Sein ganzes Leben zielt nur auf diesen einen Punkt. Es ist der entscheidende Punkt der Weltgeschichte, denn dort stirbt Jesus für die Sünde der Welt. Es ist der entscheidende Punkt für dein

Leben, denn dort stirbt Jesus auch für deine Sünde, an deiner Stelle. Am Kreuz, so sagt die Bibel, hat Jesus Frieden gemacht zwischen Gott und uns.

Und davon will die Familie ihn abhalten! Verstehst du jetzt, warum Jesus da hart bleibt? Jedesmal, wenn jemand ihn von diesem Kreuzweg abhalten will, wird er steinhart. Egal, wie gut das gemeint ist, wie nahe ihm derjenige steht — und wenn's die eigene Mutter ist —, von diesem Weg zum Kreuz läßt sich Jesus durch nichts und niemanden abbringen.

Deshalb antwortet er denen, die ihm melden: »Draußen sind deine Mutter und deine Brüder aufgekreuzt, die woll'n was von dir«, mit der Gegenfrage — Vers 33f —: »›Wer ist meine Mutter und meine Brüder?‹ Und er sah ringsum auf die, die um ihn im Kreise saßen, und sprach: ›Siehe, das ist meine Mutter und das sind meine Brüder. Denn wer Gottes Willen tut, der ist mein Bruder und meine Schwester und meine Mutter.‹«

Leibliche Verwandtschaft zählt also bei Jesus nicht. Das bedeutet: Wenn du aus einer kirchlichen Familie stammst, heißt das noch nicht, daß du zu Jesus gehörst. Wenn du eine gläubige Mutter hast, die dich als Kind taufen ließ, heißt das noch nicht, daß du ein Christ bist. Wenn dein Vater bei Kirchens angestellt ist, heißt das noch nicht, daß du ein Kind Gottes bist.

Ohne Glauben, ohne deinen persönlichen Glauben an Jesus bist du weiter gar nichts als verloren. Und Glaube wird nicht von den Vorfahren geerbt, sondern von Gott geschenkt. Ein Geschenk kannst du annehmen oder ablehnen. Deswegen ist Glaube nicht eine Sache der Erbmasse, sondern der Entscheidung. Das Massenchristentum ohne Entscheidung hat Jesus nicht gewollt.

Zu welcher bürgerlichen Familie du gehörst, kannst du nicht entscheiden. Da wirst du reingeboren, gehörst einfach dazu, ob du willst oder nicht. Zur Familie von Jesus gehörst du nur, wenn du willst, also nicht durch Vererbung oder Verwandtschaft, sondern durch Ver-

trauen auf die Vergebung. Zu welcher bürgerlichen Familie du gehörst, danach wirst du nicht gefragt. Aber ob du zur Familie Gottes gehören willst, danach bist du gefragt.
Jesus *fragt* hier: »Wer ist meine Mutter und meine Brüder?« Jesus sieht sich heute abend hier in dieser Kirche um und stellt jetzt die Frage: »Wer ist meine Mutter und meine Brüder?« Das Erkennungszeichen ist: »Wer den Willen Gottes tut«.

Der Preis ist verrückt

Die meisten, die hier sind, sind Christen und wollen den Willen Gottes tun. Es sind aber auch welche hier, die nicht dazugehören, Außenstehende, die Jesus mehr oder weniger fernstehen.
Euch bitte ich, näher zu treten, den einen entscheidenden Schritt zu tun und zu Jesus zu kommen. Denn Gottes Willen tun heißt zunächst ganz einfach: kommen, wenn Jesus einlädt. Du brauchst nur zu sagen: »Jesus, hier bin ich. Ich will dir gehören.« Und dann gehörst du dazu. Du kannst das lautlos sagen, in deinem Herzen, jetzt dort in deiner Bank, wo du sitzt. Du kannst das laut sagen, mit deiner Stimme, nachher, wenn du einen unserer Mitarbeiter ansprichst, also in Gegenwart eines Zeugen.
Wie du's machst, ist egal. Auf jeden Fall mußt du wissen: *Wenn* du's machst, kann dir dasselbe passieren wie Jesus: daß sie dich für verrückt erklären oder daß du dich mit deiner Familie verkrachst.
Wenn ein Hindu Christ wird, wird er aus seiner Familie ausgeschlossen. Das ist der Preis, den Millionen Hindus gezahlt haben, um Christen zu sein. Wenn ein Moslem Christ wird, muß er in manchen islamischen Gebieten »damit rechnen, verfolgt, gequält, in manchen Fällen sogar getötet zu werden« (Ingrid Kern). Das ist der Preis, den viele Moslems zu zahlen haben, um Christen zu sein.
Wir haben in der DDR zwar auch gepfefferte Preise,

aber einen so hohen Preis mußt du nicht zahlen. Getötet wird hier keiner, der Christ wird. Aber irgendeinen Preis mußt auch du zahlen. Vielleicht mußt du dir anhören, daß deine Eltern zu dir sagen: »Du bist wohl verrückt geworden!? Hast du schon mal an deine Zukunft gedacht? Oder an uns? Wie kannst du uns so was antun? Wenn das in Vaters Betrieb rauskommt, daß du bei Kirchens mitmachst! Kommt überhaupt nicht in Frage!«
Das ist in vielen Fällen gut gemeint; die reine Fürsorge der Eltern, die für ihr Kind das Beste wollen. Aber das Beste für dich ist auf alle Fälle, wenn du dein Leben Jesus anvertraust. Und wo Eltern sich zwischen Jesus und dich stellen, stehst du vor der Entscheidung: Jesus oder die Eltern.
Ich habe viele junge Menschen kennengelernt, die sich zwischen Jesus und ihrer Familie entscheiden mußten und die, um in den Himmel zu kommen, die Hölle auf Erden hatten.
Auch das hat Jesus vorausgesagt — Matthäus 10,34ff —: »Ihr sollt nicht meinen, daß ich gekommen bin, Frieden zu bringen auf die Erde. Ich bin nicht gekommen, Frieden zu bringen, sondern das Schwert. Denn ich bin gekommen, den Menschen zu entzweien mit seinem Vater und die Tochter mit ihrer Mutter und die Schwiegertochter mit ihrer Schwiegermutter. Und des Menschen Feinde werden seine eigenen Hausgenossen sein. Wer Vater oder Mutter mehr liebt als mich, der ist meiner nicht wert; und wer Sohn oder Tochter mehr liebt als mich, der ist meiner nicht wert.«

Jesus ist verantwortlich

Jesus hat nichts gegen die Familie, im Gegenteil: er hat sie gewollt als die kleinste Zelle der Gesellschaft, und wenn diese Zelle krank ist, geht die ganze Gesellschaft daran kaputt.
Wir leben in einer Zeit, in der die Familie zerfällt. Früher war sie eine Tankstelle, jetzt ist sie nur noch eine Garage.

Bei vielen ist sie durch Ehebruch und Ehescheidung nur noch eine Ruine.
Wir Christen haben allen Grund, unser Familienleben nach dem Willen Gottes zu gestalten. Die Familie ist einer der höchsten Werte, den Gott uns gegeben hat. Aber wenn die Familie zum Fetisch wird oder zur Fessel, die dich hindert, mit Jesus zu leben — dann hat Jesus die Vorfahrt und du nur eine Möglichkeit: dich gegen deine Familie zu entscheiden.
Ich sage das nicht mit leichtem Herzen und auch nicht leichtfertig. Mich hat mal eine Mutter empört gefragt, wie ich das verantworten könnte, atheistisch erzogene Jugendliche zum Glauben an Jesus aufzufordern, wenn ich doch genau wüßte, daß so was zum Familienkrach führen kann.
Ich habe damals die Verantwortung total abgelehnt, und ich lehne sie auch heute abend ab. Wenn Stunk in der Family die Folge der Bekehrung zu Jesus ist, dann hat das Jesus selber zu verantworten. Ich habe als sein Zeuge nur das weiterzusagen, was er gesagt hat, und er hat gesagt: »Kommt her zu mir alle.« — Alle, also auch die atheistisch erzogenen Jugendlichen, der Sohn vom Pfarrer genauso wie die Tochter vom Volkspolizisten.
Bleibt zum Schluß die Frage: »Und wenn ich's mache und mich wegen Jesus mit meiner Familie verkrache — was hab' ich davon?«
Genauso haben Jesus schon seine Jünger gefragt, und Jesus hat darauf geantwortet — Markus 10,29f —: »Ich versichere euch: Jeder, der für mich und das Evangelium sein Haus, seine Geschwister, seine Eltern oder Kinder oder seinen Besitz zurückgelassen hat, der wird all das in diesem Leben hundertfach wiederbekommen: Häuser, Geschwister, Mütter, Kinder und Besitz, wenn auch unter Verfolgungen. Und in der kommenden Welt wird er das ewige Leben haben.«

Der Nächste, bitte!

Lukas 10,23-37

Die meisten Menschen interessiert bloß eins:
Was muß ich machen, damit ich was vom Leben hab'?
Klar, jeder will was vom Leben haben. Ich auch. Die Frage ist wichtig. Aber es ist nicht die wichtigste Frage. Denn das Leben, von dem wir was haben wollen, hat eines Tages ein Ende.
Du kannst aus deinem Leben machen, was du willst. Am Schluß landest du in einer sehr bescheidenen Holzkiste. Dann geht's husch husch zu den Würmern oder hui durch den Schornstein vom Krematorium. Erde zu Erde, Staub zum Staube. In spätestens neunzig Jährchen ist keiner von uns mehr am Leben, da sind wir alle schon gegangen.
Aber trotz dieser Vergänglichkeit des Lebens hat jeder von uns die Chance des ewigen Lebens. Das geht nie zu Ende. Das geht auch durch den Tod nicht kaputt. Das hast du, wenn du an Jesus glaubst. Und erst, wenn du das ewige Leben hast, hast du wirklich was von diesem Leben, dann geht das eigentliche Leben erst mal los.
Deshalb heißt die wichtigste Frage nicht: Was muß ich tun, damit ich was vom Leben hab'? Sondern: Was muß ich tun, damit ich das ewige Leben hab'?

Ein frommer Schwätzer

Mit dieser Frage kommt einer zu Jesus. Lukas 10,25: »Meister, was muß ich tun, damit ich das ewige Leben erbe?«
Die Frage ist echt gut. Schlecht ist bloß, daß sie gar nicht ernst gemeint ist. Denn der Typ, der hier so fromm fragt, ist nicht ehrlich. Erstens kennt er die Antwort schon; zweitens hat er keine Lust, sie zu akzeptieren.
Der fragt nicht, um eine Antwort zu erhalten, sondern

um sich zu unterhalten. Er möchte gern mit dem berühmten Rabbi Jesus eine theologische Debatte führen, seiner Umwelt mit ein paar fulminanten Geistesblitzen imponieren. Also einer von den frommen Schwätzern, wie sie heute auch in vielen kirchlichen Kreisen hocken. Das sind die mit der Diskutierwut. Die diskutieren bis zum Umfallen. Die stellen alles und jedes in Frage und kommen nie zu einem Ergebnis. Von diesen Leuten sagt die Bibel — 1 Timotheus 6 —: »Sie haben die Seuche der Fragen und Wortklauberei« ; »sie haben zerrüttete Sinne«; »sie haben den Schein der Frommen, aber die Kraft wirklicher Frömmigkeit kennen sie nicht«; »sie lernen pausenlos und kommen doch nicht zur Erkenntnis der Wahrheit«.

So ein Typ kommt also zu Jesus, und man merkt ihm an, daß er sich noch was drauf einbildet, ein tiefreligiöser Mensch zu sein: »Ich spreche nicht von irgendwelchen Plattheiten des Alltagslebens, ich interessiere mich für höhere Werte, für das ewige Leben.«

Es gibt ja unter euch auch welche, die sich einbilden, sie wären was Besseres, bloß weil sie in die Kirche gehen. Ihr kommt euch erhaben vor über die platten Materialisten, weil ihr euch ja mit was Höherem beschäftigt. Solchen Leuten ist nur zu helfen, wenn man sie von ihren Höhen runterholt auf den platten Boden der Tatsachen, also dorthin, wo es um Taten geht.

So macht es Jesus mit seinem Gesprächspartner. Als der zum geistigen Höhenflug ansetzt, zwingt Jesus ihn zu einer theologischen Bauchlandung. Als er fragt: »Meister, was muß ich tun, damit ich das ewige Leben erbe?«, fragt Jesus zurück und spricht wie zu einem Schuljungen: »Na, was steht in deiner Bibel geschrieben? Was liest du da?«

Unser Männeken hat in der Konfirmandenstunde gut aufgepaßt. Wie aus der Pistole geschossen spult er brav die Antwort runter: »Du sollst Gott, deinen Herrn, lieben von ganzem Herzen, von ganzer Seele, von allen Kräften

und von ganzem Gemüte und deinen Nächsten wie dich selbst.«
Bravo! Dat hattu abber fein gemacht! Krissu eine Eins in Relion! »Du bist in Ordnung, Mann«, sagt Jesus, »deine Antwort stimmt. Genau so ist es!«
Und nun — Vers 28 —: *»Tue das, so wirst du leben.«*

Aber ich hab' da noch eine Frage . . .

Damit ist für Jesus das Gespräch gelaufen. So einfach ist das. Die Antwort auf die wichtigste Frage des Lebens ist ganz einfach: Liebe Gott und deinen Nächsten. Das ist alles. Das kann jeder verstehen. Das kann jeder tun.
Aber gerade davor, vor dem Tun, will sich unser Mann drücken. Deshalb flüchtet er sich in die Diskussion, denn er weiß genau: Solange noch diskutiert wird, besteht keine Gefahr, daß man etwas tun muß. Also fängt er an, die einfachen Worte von Jesus zu problematisieren. »Da sind wir uns natürlich einig«, sagt er. »Nächstenliebe muß sein. Klarer Fall. Aber — wer ist denn nun mein Nächster?«
Mit dieser Zusatzfrage kommt er sich mächtig schlau vor, weil er Jesus damit zu einer neuen Gesprächsrunde zwingt. Aber nun ist ja Jesus nicht auf den Kopf gefallen. Der läßt sich doch nicht auf die Schippe nehmen. Statt sich auf eine Diskussion einzulassen über das Thema »Wer ist mein Nächster?«, erzählt er einfach eine Geschichte. Es ist eine der berühmtesten Geschichten der Bibel, die Geschichte vom barmherzigen Samariter:
»Ein Mann ging von Jerusalem nach Jericho. Unterwegs überfielen ihn Räuber. Sie nahmen ihm alles weg, schlugen ihn zusammen und ließen ihn halbtot liegen. Nun kam zufällig ein Priester denselben Weg. Er sah den Mann liegen, machte einen Bogen um ihn und ging vorbei. Genauso machte es ein Levit: er sah ihn und ging vorbei. Schließlich kam ein Mann aus Samarien. Als er den Überfallenen sah, hatte er Mitleid. Er ging zu ihm hin, behandelte seine Wunden mit Öl und Wein und

verband sie. Dann setzte er ihn auf sein eigenes Reittier und brachte ihn in das nächste Gasthaus, wo er sich um ihn kümmerte. Am anderen Tag gab er dem Wirt zwei Silberstücke und sagte: ›Pflege ihn! Wenn du noch mehr brauchst, will ich es dir bezahlen, wenn ich zurückkomme.‹«
»Was meinst du?« fragte Jesus. »Wer von den dreien hat an dem Überfallenen als Mitmensch gehandelt?« Der Gesetzeslehrer antwortete: »Der ihm geholfen hat!« Jesus erwiderte: »Dann geh und mach es ebenso!«

(Lk 10,30-37)

Die Frage ist also nicht: Wer ist mein Nächster? Sondern: Wem bin ich der Nächste? Denn wenn du fragst: Wer ist mein Mitmensch?, wirst du immer welche finden, von denen du sagst: Das sind keine Mitmenschen. Das sind Unter- oder Unmenschen, Unwichtige, die sind vorbestraft, faul, politisch verdächtig, versoffen, stinken, selber schuld. Die haben keinen Anspruch auf Menschenrechte, jedenfalls keinen Anspruch auf meine Mitmenschlichkeit.
Um zu verhindern, daß du von irgendeinem Menschen auf der Erde sagst: Das ist nicht mein Mitmensch, dreht Jesus die Frage um: Wem bin ich Mitmensch? Wem bin ich der Nächste? Mit anderen Worten: Du selber bist der Nächste!

Jetzt bist du dran

Du kannst in deinem Leben nicht dasitzen wie im Wartezimmer, wo du jeden, der reinkommt, beurteilst und wartest, bis einer kommt, der vielleicht dein Nächster sein könnte.
Mit dieser Geschichte hier reißt Jesus die Tür zum Leben auf und schreit: »Der Nächste, bitte!« Und er erwartet von dir, daß *du* aufstehst, daß *du* losgehst, daß *du* handelst. Jetzt bist *du* dran. Der Nächste, bitte! Das bist *du*!
An dieser Stelle ist nun das Beispiel fällig von der alten

Frau, die gar krank zu Bette liegt und der du die Hausordnung machen müßtest. Oder von dem alten Mann, der sich nicht über die Straße traut wegen der vielen Autos und den du am Arm nehmen und rüberführen müßtest. Diese Beispiele hat man schon so oft gehört, daß man schon gar nicht mehr hinhört, und das hat zur Folge, daß in unserer Stadt viele alte Leute, die kaum noch krauchen können, ihre Hausordnung selber machen müssen und viele alte Bürger, die dem Verkehr nicht mehr gewachsen sind, auf den Straßen überfahren werden.
Die Straße zwischen Jerusalem und Jericho gibt's nicht nur in Palästina. Die führt quer durch die ganze Welt, quer durch Karl-Marx-Stadt, quer durch dein Leben. Die wird von uns allen benutzt. Die Frage ist nur, ob wir uns nur um die Opfer oder nicht auch um bessere Straßen kümmern müßten.

Marx hat recht

Im vorigen Jahrhundert gingen die Kirchen an den vom Kapitalismus ausgebeuteten Massen einfach vorbei. Da erschien ein barmherziger Samariter. Das war ein Jude, einer mit dem großen schwarzen Bart und der spitzen Zunge. Seine Zunge war einsame Spitze, außerdem war er ein Kommunist, das war Karl Marx. Der hat gesagt: Wenn den ausgeplünderten Arbeitermassen wirksam geholfen werden soll, dann muß die ganze Straße, das ganze System geändert werden.
Das stimmt. Barmherzigkeit auf Privatbasis langt heute nicht. Es genügt nicht, immer nur von dem alten Opa am Straßenrand zu reden. Die Straße selber muß umgebaut werden. Es genügt nicht, einzelne Opfer zu verbinden; — die Banden müssen unterbunden werden, die die Menschen überfallen mit ihren Forderungen, totschlagen mit ihren Parolen, die den Menschen ihre Persönlichkeit rauben, ihre freie Meinung abwürgen, ihr Gewissen demontieren, ihre Zeit stehlen, ihre Men-

schenrechte mit Füßen treten. Es genügt nicht, einzelne Opfer zu versorgen. Es muß dafür gesorgt werden, daß die politischen und wirtschaftlichen Systeme verschwinden, die die Opfer produzieren.
Am Straßenrand der modernen Zivilisation verkommen heute Millionen von Menschen, die von diesen Systemen systematisch fertiggemacht werden. Es muß dafür gesorgt werden, daß wir eine Welt der Gerechtigkeit, der Freiheit und Sicherheit für alle bekommen. Und dazu sind gesellschaftliche Organisationen und Aktionen nötig, dazu ist z.B. auch der Staat nötig.
Aber: Es genügt auch nicht, sich bei dem Gedanken zu beruhigen, der Staat kümmere sich schon um alles. Wir haben die Versicherung, die Krankenhäuser, im schlimmsten Fall noch die Innere Mission. Für die Pflege der Kranken, Alten und Beschädigten gibt es genug offizielle Stellen, da brauche ich mich persönlich nicht mehr drum zu kümmern. — Genau das ist falsch! Ich will es an dem Beispiel deutlich machen, das uns in diesem Jahr besonders beschäftigt, also am Beispiel der Behinderten.

Wenn einer eine Reise tut . . .

Jeder weiß, daß bei uns manches für die Behinderten getan wird. Jeder weiß aber auch, daß das noch nicht genug ist. Du mußt dir bloß mal von einem Rollstuhlfahrer erzählen lassen, was losgeht, wenn der mal mit der Eisenbahn verreisen will.
Der fährt im Gepäckwagen, wo die Fahrräder und Hühner befördert werden. Und 'ne Toilette kann er weder in der Eisenbahn noch auf dem Bahnhof benutzen.
Unsere öffentlichen Gebäude mit ihren Treppen und nichtvorhandenen oder nichtfunktionierenden Fahrstühlen sind für Behinderte praktisch gesperrt. Unsere Straßen mit ihren Bordkanten sind für Behinderte nicht eingerichtet. Es genügt nicht, die Behinderten mit Roll-

stühlen zu versorgen, sondern unsere Straßen müssen umgebaut werden, damit die Behinderten sie benutzen können.

Wir dürfen nicht aufhören, im Namen der Behinderten von unserem Staat zu verlangen, daß er für die Behinderten mehr tut als bisher.

Das ist die eine Seite. Die andere Seite ist: Wir dürfen nicht aufhören, im Namen Gottes von uns selber zu verlangen, für die Behinderten mehr zu tun als bisher. Im Gegenteil: Je perfekter die Institutionen für die Behinderten sorgen, um so mehr brauchen die das Herz des einzelnen.

Ich kenne einen Behinderten, der würde sehr gerne zu diesem Gottesdienst kommen. Aber weil ihn keiner mit dem Auto abholt, kann er eben nicht in den Gottesdienst kommen. Hat er Pech gehabt.

Ich bewundere das ja, wie ihr jedesmal eure 6.000 Mark für die Behinderten spendiert, das ist eine enorme Leistung. Aber es schmeckt mir nicht, daß ihr kaum mal einen Behinderten mit hierher bringt.

Ich will das Geldopfer, das ihr bringt, nicht runterspielen. Aber eins ist Fakt: Es ist leichter, fünf Mark zu opfern, als eine Stunde Zeit, um einen Rollstuhlfahrer abzuholen. Freunde, es genügt nicht, wenn ihr euer Geld für eure Mitmenschen einsetzt, euch aber dabei über den Mitmenschen direkt vor eurer Nase hinwegsetzt.

Ihr benehmt euch wie jener Kapitän, der mit seinem Schiff Getreide für die Hungernden nach Indien bringt. Das Schiff fährt an einer kleinen Insel vorbei. Am Ufer steht ein unrasierter Mann und winkt wie ein Kaputter. Ein Passagier fragt den Kapitän: »Was is'n mit dem los? Warum winkt'n der so?« Sagt der Kapitän: »Das weiß ich auch nicht, aber das macht der jedesmal so, wenn ich hier vorbeifahre.«

Gegen solidarisches Nichtstun

Es ist heutzutage große Mode, daß sich alle möglichen Leute mit allen möglichen Leuten solidarisch erklären — mit den Ausgebeuteten, Unterdrückten, um ihre Freiheit Kämpfenden usw.

Das ist gut so. Denn es gibt Situationen, in denen Protest- und Solidaritätserklärungen die einzig mögliche und nötige Form der Hilfe sind.

Aber im Normalfalle genügen bloße Erklärungen nicht. Der barmherzige Samariter aus unserer Geschichte hat sich auch nicht mit Spruchband und Sprechtüte neben den Verwundeten gestellt und eine Solidaritätserklärung abgegeben. Sondern er hat sich zu dem Mann hinbegeben und hat ihm geholfen.

Jesus hat sich auch nicht bloß vom Himmel runter mit uns Menschen solidarisch *erklärt* (das hätte ihn nichts gekostet), sondern er ist vom Himmel runtergekommen und ist mit uns solidarisch *geworden*. Und das hat ihn das Leben gekostet.

Solidaritätserklärungen sind billiges Gerede, wenn sie nicht durch persönlichen Einsatz und persönliches Opfer in die Tat umgesetzt werden. Ich hab' was gegen die Leute, die sich bei jeder Gelegenheit möglichst lautstark mit den Armen und Elenden in den entferntesten Winkeln der Erde solidarisch erklären, aber nichts für die Armen und Elenden direkt vor der eigenen Haustür tun; die vor lauter welthistorischen Perspektiven das Nächstliegende, den Nächstliegenden übersehen.

Gerade in der Kirche wird heute in den herrlichsten Tönen von Menschlichkeit und Mitmenschlichkeit geredet, daß einem davon die Ohren dröhnen. Aber wenn es darauf ankommt, praktisch Mitmenschlichkeit zu üben, dann wird es ziemlich still.

Die Heime und Krankenhäuser für die hirngeschädigten Kinder, für die alten Leute und die Kranken *schreien* nach Mitarbeitern. Aber für diese Berufe

melden sich nicht genug junge Menschen. Sie alle sind unterwegs auf der Straße zwischen Jericho und Jerusalem, auf der Straße nach dem Glück, nach dem Lebensstandard, nach dem guten Verdienst; unterwegs in eine neue, bessere, schönere Welt.
Manche beruhigen ihr Gewissen, indem sie unterwegs Solidaritätserklärungen abgeben; manche schicken Pakete mit alten Klamotten in ein kirchliches Heim; manche spenden Geld für Brot für die Welt — aber den Nächsten lassen sie am Wegrand liegen.

Jetzt ist Schluß

Und damit bin ich nun wieder bei dem beliebten kirchlichen Paradebeispiel, bei der alten Oma im vierten Stock, die sich ihre Kohlen nicht mehr alleine hochhucken kann.
Vielleicht habt ihr in eurem Haus keine alte Oma, aber vielleicht eine junge Mutter, die den Anforderungen ihres Haushalts nicht mehr gewachsen und auf der Strecke geblieben ist. Vielleicht habt ihr in eurer Straße keinen Behinderten, der ohne Hilfe nicht mehr raus kann, aber vielleicht habt ihr bei euch ein Kind, das von den andern einfach an den Rand geschoben wird.
Was weiß ich, die Welt ist voll von Menschen, von Nächsten, denen du der Nächste sein kannst. Und wenn du keinen findest, für den du zum barmherzigen Samariter werden kannst, dann kann das nur daran liegen, daß du Jesus noch nicht als deinen barmherzigen Samariter, als deinen Lebensretter gefunden hast. Denn der wahre barmherzige Samariter ist Jesus selber, und seine Aufforderung, barmherzig zu sein, kannst du nur erfüllen, wenn du Jesus dein Herz gibst.
Ohne persönlichen Glauben an Jesus wird mit der Barmherzigkeit nichts. Aber wenn du wirklich begriffen hast, daß Jesus dich liebt, wirst du sozusagen automatisch barmherzig. Da brauchst du keinen Pfarrer mehr, der dir erläutert, zu wem du barmherzig sein sollst.

So, und deswegen mach' ich jetzt Schluß. Allmählich komme ich mir nämlich auch schon vor wie so ein Schriftgelehrter, der die einfachen Worte von Jesus problematisiert. Ich hab' sowieso schon lange den Eindruck, daß die Kirche aus der einfachen Lehre von Jesus ein viel zu kompliziertes Lehrgebäude gemacht hat.
Über diesen Text vom barmherzigen Samariter könnte ich noch stundenlang predigen. Aber meine Predigt war auch so schon lang genug. Und überhaupt: was soll's? Wirklich, wir problematisieren viel zuviel. Bei Jesus ist das alles viel einfacher, umwerfend einfach.
Jesus beschließt seine Erzählung vom barmherzigen Samariter ganz einfach mit dem Satz: *Geh hin und mach's genauso.* Das ist doch wirklich klar genug.

Mauern sind zum Wegbeten da

Apostelgeschichte 12

Ein Diktator hat Staatsbesuch. Er führt den Besuch durch seinen Palast und zeigt ihm stolz die vielen Geschenke, die ihm seine Untertanen gemacht haben, ganze Säle voller kostbarer Geschenke.
Der Besucher ist tief beeindruckt. »Das haben die dir alles geschenkt? Die müssen dich aber lieben!« »Ja«, sagt der Diktator, »die *müssen* mich lieben.«
Einer, den seine Untertanen gar nicht liebten, war der König Herodes. Nicht der, der zur Zeit Jesu geherrscht hat, sondern ich meine den, der in den Jahren 41-44 regierte.
Damals war Palästina immer noch von den Römern besetzt. Und weil Herodes mit der römischen Besatzungsmacht unter einer Decke steckte, war er bei der jüdi-

schen Bevölkerung unbeliebt. Er hing also zwischen zwei Stühlen: nach oben war er abhängig, nach unten hatte er keine Anhänger.
Nun ist es bestimmt nicht leicht, ein Volk regieren zu müssen, bei dem man unbeliebt ist. Da muß man irgendwie versuchen, sich beim Volk beliebt zu machen. Dafür gibt es einige immer wieder ausprobierte Rezepte. Die Methode der Römer zum Beispiel war »panem et circenses«, auf deutsch: Brot und Zirkusspiele.
Das heißt: Um sich die Gunst des Volkes zu verschaffen, muß man ihm genug zu essen verschaffen. Man muß der Masse das Maul mit materiellen Gütern stopfen, dann hält sie die Schnauze. Denn wem der Bauch voll ist, dem gehen selten die Augen auf. Und wer gut gegessen hat, macht höchstens einen Rülpser, aber keine Revolution. Da aber der Mensch nicht nur aus Bauch besteht, sondern auch einen Kopf hat, also ein sogenanntes geistiges Wesen ist, muß man auch für diesen Geist was tun. Natürlich immer hübsch in Maßen, denn zuviel Denken ist auch ungesund.
Wenn die Leute beispielsweise anfangen nachzudenken über manche Lehren — z.B. über die Leere in den Regalen —, könnten sie auf dumme Gedanken kommen. Um den Menschen vom Nachdenken *ab*zuhalten, muß man ihn *unter*halten. Und je mehr Unterhaltung einer bietet, um so beliebter ist er.

Blut muß fließen

Der König Herodes hatte, um sich beim Volk beliebt zu machen, eine etwas grobe Methode. Für solche Feinheiten wie Volksbelustigungen hatte dieser orientalische Diktator kein Geschick. Außerdem war das zu teuer; dafür ließ er kein Geld fließen. Seine Methode war billiger, aber wirkungsvoller: Er ließ Blut fließen.
Das Blutvergießen war bei Herodes schon Familientradition. Sein Onkel Herodes hatte Johannes den Täufer

enthauptet; sein Großvater hatte den Kindermord von Bethlehem angeordnet, um auf diese Weise ein Kind namens Jesus aus der Welt zu schaffen. Herodes, der Enkel, hätte aus der Geschichte lernen können, daß gegen diesen Jesus mit Mord nicht anzukommen ist.

Damals war es ein Engel, der Maria und Joseph befahl, nach Ägypten zu fliehen, und so wurde das Kind Jesus gerettet.

Später, als sie es endlich geschafft hatten, Jesus von Nazareth mundtot zu machen, als sie ihn gekreuzigt, begraben und sein Grab mit einem Stein verrammelt und mit Wachen umstellt hatten, da war es wieder ein Engel, der den Stein vom Grab wälzte und der zu den Frauen sagte: »Was sucht ihr den Lebendigen bei den Toten? Er ist nicht hier, er ist auferstanden.«

Als dann später Stephanus die Auferstehung predigte, als beim Verhör sein Gesicht wie das Gesicht eines Engels aussah, und als Stephanus als der erste Märtyrer der Kirche gesteinigt wurde, auch da war die Kirche noch nicht tot.

Und jetzt kommt also Herodes. Und was vor ihm und nach ihm keiner geschafft hat, das möchte er: die verhaßten Christen abschaffen.

Herodes war nicht der einzige, der bei den Juden unbeliebt war. Noch unbeliebter als er waren die Christen. »Wenn ich die«, so kombinierte Herodes, »unter Druck setze, werde ich damit das jüdische Volk beeindrucken.«

Als er zu Ostern 44 nach Jerusalem kam, ließ er gleich als erstes einige aus der christlichen Gemeinde verhaften, unter ihnen Jakobus, der Leiter der Gemeinde. Den ließ er — ohne Grund, ohne Verhör, ohne Verhandlung — mit dem Schwert töten. Jakobus war der erste christliche Märtyrer, der durch eine weltliche Obrigkeit wegen seines Glaubens an Jesus getötet wurde.

Es fällt auf, wie dieser Märtyrertod, den Jesus dem Jakobus übrigens vorausgesagt hatte, in der Bibel nur ganz nebenbei erwähnt wird. Aber die Bibel ist kein Buch der Märtyrerverherrlichung oder Heiligenverehrung, sondern das Buch der großen Taten Gottes, von denen wir gleich noch mehr hören werden.

Nur in Maßen abschlachten

Also: Als Herodes den Jakobus geköpft hat, klatschen die Juden Beifall. Das schmeckt dem Herodes, sein Appetit auf mehr Blut wächst, und als nächstes Opfer läßt er Petrus verhaften.

Man sieht: Die Aktion des Herodes bekommt Methode. Sein Ziel ist es, die Christen zu beseitigen, aber er will kein Massenmartyrium schaffen. Er will nur die Anführer der Christen ausschalten.

Alle Verfolger der Christen, die ein bißchen klug waren und etwas von Psychologie verstanden, haben es sorgfältig vermieden, Märtyrer in großen Mengen zu schaffen. Der Tod von ein paar Rädelsführern ist als abschreckendes Beispiel eine delikate Sache, aber Massenabschlachtungen berühren die Volksseele unangenehm.

Herodes ist schlau, das heißt, er bildet sich ein, schlau zu sein, wenn er sich nur die führenden Männer der Gemeinde holt. Er rechnet damit, daß die Gemeinde auseinanderfällt, wenn ihre Führungsspitze fehlt.

Aber er hat, wie alle Verfolger der Kirche, eins übersehen: Die Führung der Kirche ist nicht in der Hand von ein paar Aposteln oder Bischöfen oder Pfarrern, sondern in der Hand des auferstandenen Jesus. Und die Kirche lebt nicht davon, daß in ihrer Mitte führende Männer leben, sondern davon, daß in ihrer Mitte das Wort Gottes lebt, der Glaube und das Gebet.

Daran ist bisher jede Christenverfolgung gescheitert, auch wenn man es noch so gescheit anfangen wollte; und auch für Herodes ist hier der Punkt gekommen, wo seine Macht zu Ende ist. Denn alles, was er tut, trägt nur dazu bei, daß es am Ende unseres Kapitels heißen kann:

»Und das Wort des Herrn wuchs und mehrte sich.«

Unwahrscheinlich befreit

Herodes läßt also Petrus verhaften und im Gefängnis scharf bewachen. Für den nächsten Tag ist mit seiner Hinrichtung zu rechnen. Nun kommt es aber in dieser Nacht zu einigen höchst unwahrscheinlichen Ereignissen.

Es geht damit los, daß Petrus ruhig schläft. Das erscheint uns ziemlich unwahrscheinlich. Aber so unwahrscheinlich ist das gar nicht.

Heute ist der Tag der Opfer des Faschismus, und wir denken besonders an die, die wegen ihres Glaubens von den Faschisten gequält wurden.

Im Jahre 1944, also genau 1900 Jahre, nachdem Petrus im Knast war, saß ein anderer führender Mann in der Zelle, das war der Bischof Lilje.

In der ersten Nacht, so hat er später beschrieben, hat er trotz der Aufregung, trotz des Lärms und der Ungewißheit und trotz der grellen Lampe über der harten Pritsche *geschlafen*, genau wie Petrus.

Wie es bei dem weitergeht, lese ich euch jetzt vor:

In der Nacht, bevor Herodes ihn vor Gericht stellen wollte, schlief Petrus zwischen zwei Wachsoldaten. Er war mit zwei Ketten an die Wand gefesselt. Vor der Tür der Zelle waren zwei weitere Posten aufgestellt. Plötzlich stand da ein Engel des Herrn, und die ganze Zelle war von strahlendem Licht erfüllt. Er weckte Petrus durch einen Stoß in die Seite und sagte: »Schnell, steh auf!« Im gleichen Augenblick fielen Petrus die Ketten von den Händen. Der Engel drängte: »Leg den Gürtel um und zieh die Sandalen an!« Petrus tat es, und der Engel befahl: »Nimm den Mantel und komm mit!«

Petrus folgte ihm nach draußen. Er wußte nicht, daß dies alles Wirklichkeit war, sondern meinte zu träumen. Sie kamen ungehindert am ersten Wachtposten vorbei, ebenso am zweiten, und standen schließlich vor dem ei-

sernen Tor, das in die Stadt führte. Das Tor sprang von selbst auf, und sie traten hinaus. Sie eilten durch eine Gasse, dann war der Engel plötzlich verschwunden. Als Petrus zu sich kam, sagte er: »Es ist also wirklich wahr! Der Herr hat mir einen Engel geschickt, um mich vor Herodes zu retten und vor dem zu bewahren, was die Juden sich erhofft haben!« (Apg 12,6-11)

Das ist natürlich eine sehr verwunderliche Geschichte, zumal wenn man bedenkt, daß nebst dem Wort Gottes Gefängnisse das Stabilste sind, was es in der Menschheit gibt.

Aber da nicht mal der Petrus selber erklären kann, wie das passierte, brauche ich mir hier keinen abzubrechen mit irgendwelchen Erklärungsversuchen. Gott allein weiß, welchen Engel er für diese Rettungsaktion eingesetzt hat.

Fakt ist jedenfalls, daß Petrus von Herodes verhaftet wurde und später als Prediger jahrelang durch die Gegend gereist ist. Dazwischen liegt seine Befreiung, die er selber wie einen Traum erlebt hat, genauso, wie es in der Bibel in Psalm 126,1 angekündigt ist: »Wenn der Herr die Gefangenen Zions erlösen wird, so werden wir sein wie die Träumenden.«

Auf Gott einrammeln

Als Petrus zur Besinnung kommt, steht er mitten in der Nacht mitten auf der Straße. Er hat nur einen Gedanken: Ich muß zu den andern. Denn das weiß er genau: Die andern, seine Freunde, die pennen jetzt nicht, obwohl es tiefe Nacht ist, sondern die hocken zusammen und tun was. Sie tun das einzig Richtige, was Christen in einer solchen Situation tun können — sie *beten.*

Ich möchte dich fragen: Hast du jemanden, der für dich betet, wenn du in der Klemme sitzt? Kannst du dich darauf verlassen, daß an dem Tag, an dem du abgehst — in den Knast oder ins Krankenhaus oder ins Sterben —, jemand für dich betet?

Ich rate dir dringend: Versorge dich mit solchen Menschen. Das ist lebenswichtig, im Falle des Petrus ist es überlebenswichtig. Er überlebt, weil seine Freunde für ihn beten. Die haben ihn freigebetet, und wir werden erst in der Ewigkeit sehen, wieviele Menschen und Völker ihre Freiheit dem Gebet verdanken.
Das Gebet ist eine gewaltige Macht. Schon das Gebet eines einzelnen kann viel bewirken, aber das gemeinsame Gebet ist noch viel wirkungsvoller. Damit können wir auf Gott einwirken. Gott, unser Vater, läßt sich durch unsere Gebete beeinflussen! Er hat es gern, wenn wir ihn bitten.
Ich bin der Vater von drei Kindern. Ich hab' das gern gehabt, wenn eins von denen zu mir ins Zimmer kam und gesagt hat: »Papa, kann ich mal deine Luftpumpe kriegen?«
Mal angenommen, die Tür zu meinem Zimmer knallt auf, und alle drei kommen gleichzeitig reingerammelt und wollen was von mir, dann sind die Chancen noch größer.
Seht ihr, das ist Gebetsgemeinschaft! Da sind die Chancen größer! Gebetsgemeinschaft heißt, daß Kinder die Tür zum Vater aufmachen und gemeinsam auf ihn einrammeln.
Das machen die Freunde des Petrus. Seit dem Moment seiner Verhaftung beten die für ihn. Rund um die Uhr. Gegen den Staatschef, der unschuldige Bürger willkürlich verhaftet; gegen seine Gefängnismauern, Soldaten und Ketten setzen sie ein einziges Mittel — das gemeinsame Gebet: »Jesus, bitte befreie unseren Bruder Petrus.«
Als sie so beten, klopft es plötzlich draußen an der Tür. Aber die lassen sich in der Gebetsgemeinschaft gar nicht stören — da könnte ja jeder kommen — und beten feste weiter: »Jesus, bitte befreie unseren Bruder Petrus.« Nur eine Sklavin, die hatte den schönen Namen Röslein, geht zur Tür, um zu horchen, wer da klopft. Als

sie die Stimme des Petrus erkennt, ist sie so verdattert, daß sie die Hauptsache vergißt, nämlich aufzuschließen. Sie rennt zurück und platzt in die Gebetsversammlung mit der Nachricht: »Der Peter steht draußen!!«, — worauf die gesamte christliche Gemeinde im Chor antwortet: »Du spinnst ja!«

Die Realität ist möglich

Das muß man sich mal vorstellen: Da beten welche eine Nacht lang für die Befreiung eines Todeskandidaten, und als es klopft und der Befreite vor der Tür steht, als die Gebetserhörung leibhaftig da ist, da glaubt es keiner. Da halten sie es für unwahrscheinlich.

Als ich an dieser Predigt arbeitete, habe ich folgendes erlebt:

Da kommt eine junge Frau. Die hatte Schmerzen, war zum Arzt gegangen, und der hatte gesagt: »Muß sofort operiert werden. Krebsverdacht.« Das war am Freitag. Da aber nicht mal in einer Großstadt am Wochenende operiert wird, sollte der Eingriff am Montag gemacht werden. Bis Montag haben wir natürlich alle wie irre um Gesundheit gebetet.

Am Montag geht die Frau aber erst mal zu einem anderen Arzt, und der sagt: »Is nix. Sie sind gesund.« Also: kein Krebs.

Und jetzt kommt der springende Punkt: Statt vor Freude in die Luft zu springen, statt sich über die Gebetserhörung zu freuen, fängt die Frau an zu zweifeln. Sie kann es nicht fassen. Sie hält es für unwahrscheinlich. Sie *glaubt* es nicht, — genauso, wie die damals nicht glaubten, daß Gott ihr Gebet erhört hat.

Statt das zu glauben — was heißt hier zu glauben —, statt rauszugehen und ihre Gebetserhörung in Empfang zu nehmen, fangen die an zu überlegen, ob so was denn möglich ist. Sie können es sich nicht erklären, lieber erklären sie die Sklavin, die einzige, die die Realität richtig sieht, für verrückt: »Röslein, Röslein, Röslein rot, du

spinnst, der Petrus ist längst tot . . .«
Denn als Röslein steif und fest darauf besteht, daß der Petrus draußen vor der Tür steht, da verfallen sie in die Ausrede: »Dann ist es eben sein Doppelgänger oder eine Art Totengespenst, das uns seinen Tod anzeigen will.«
Inzwischen klopft und klopft der Petrus geduldig weiter, bis die da drin aufhören zu diskutieren, wer hier der Verrückte ist und was möglich ist und was nicht, bis sie endlich die Tür aufmachen und *sehen,* was möglich ist.
Da steht er also, der Petrus: »Hallo, Leute!« Und bevor die in ein Freudengeschrei ausbrechen können, macht Petrus »pssst! — die Nachbarn dürfen nicht aufmerksam gemacht werden. Sprecht leise, der Feind hört mit!« Er informiert kurz die Gemeinde und taucht anschließend sofort unter, damit er nicht noch mal erwischt wird.

Ihr werdet euch wundern

Am nächsten Tag gibt's natürlich große Aufregung im Knast und im Palast, weil der Häftling Petrus verschwunden ist. Herodes läßt die Wachmannschaften einbuchten und verläßt Jerusalem.
Der Schluß des Kapitels ist schnell erzählt: Herodes gelingt es, einen Wirtschaftskrieg zu beenden, also der Bevölkerung wieder genug Brot zu verschaffen, und nach dem Motto »Brot und Zirkusspiele« läßt er sich bei einer öffentlichen Großveranstaltung von den Massen als Gott verehren.
Nun hatte ich ja gleich am Anfang gesagt, daß Zirkusspiele nichts für Herodes waren. Und tatsächlich bekommt ihm der ganze Zirkus seines Personenkultes schlecht. Ihn trifft auf der Stelle der Schlag oder so was Ähnliches, und er stirbt — husch husch zu den Würmern.
Und dann kommt der wichtigste Satz des ganzen Kapitels, der das eigentliche Wunder beschreibt — Vers 24 —: »Und das Wort des Herrn wuchs und mehrte sich.«

So aussichtsreich die Situation für die Gegner der Kirche oft gewesen ist, es ist ihnen noch nie gelungen, die Kirche zu erledigen. Und überall, wo es christliche Märtyrer gegeben hat (und das waren Millionen von Christen), war deren Blut der Same der Kirche. Und so aussichtslos die Situation für die verfolgte Kirche oft gewesen ist, — Gott hat immer eine Möglichkeit gefunden, seine Kirche am Leben zu erhalten.

Nehmen wir zum Beispiel mal China. In China gab es vor der Kulturrevolution eine Million Christen. Während der Kulturrevolution wurden sie verfolgt; die Kirche als Organisation wurde aufgelöst, die gab es einfach nicht mehr. Niemand durfte eine Bibel besitzen usw., und alle Welt dachte: In China ist die Kirche tot.

Na und, was ist jetzt? Nachdem der Spuk vorbei ist, stellt sich heraus, daß es nach der Kulturrevolution vier bis sechs Millionen Christen in China gibt. *Wie* Gott das macht, daß sich sein Wort vermehrt und seine Kirche wächst und lebt, das kann ich nicht erklären, und das ist jedesmal anders.

In dem einen Fall macht er es so, daß er einen sterben läßt, wie den Jakobus, und daß dadurch die Kirche wächst. Im andern Fall macht er es so, daß er einen befreit, wie den Petrus, und daß dadurch die Kirche wächst. In dem einen Fall erhört Gott die Gebete, und zwar noch schneller, als die Beter selber es fassen können. In dem andern Fall erhört er die Gebete nicht. Denn ich nehme an, daß die Gemeinde vorher für Jakobus genauso gebetet hat wie für Petrus.

Klemme ist Klemme und Gott ist Gott

Der Tod des Jakobus muß für die ersten Christen eine schwere Enttäuschung gewesen sein. Denn sie hätten ja nach dieser Erfahrung resignieren und sagen können: »Zwecklos, für Petrus zu beten. Herodes hat die Macht, und offensichtlich ist Gott gegen Herodes machtlos, sonst wäre Jakobus nicht gestorben. Und wenn jetzt

Petrus im Gefängnis drin ist, ist nach dieser Erfahrung die Situation aussichtslos. Da ist nichts mehr drin.

Aber die Gemeinde wird nicht kopflos, nachdem Jakobus geköpft worden ist. Sondern gerade nachdem Jakobus trotz der heißen Gebete der Christen umgebracht worden war, bringen sie es fertig, schon ein paar Nächte später für die Freiheit des Petrus zu beten.

Und da machen sie die Erfahrung, daß Gott kein Automat ist, der immer gleich reagiert, sondern daß er dem einen die Gefängnistore automatisch öffnet und den andern dem Henker überläßt.

Die einen läßt er frei, die andern läßt er *Opfer des Faschismus* werden. Bischof Lilje ließ er die Haft überleben, Pfarrer Schneider ließ er in Buchenwald sterben. Keinem der Märtyrer zwischen 1933 und 1945 ist an der Wiege gesungen worden, daß er einmal Gott und der Welt zeigen muß, wieviel ihm Gott wert ist. Keiner hat vorher geahnt, daß er mal mit seinem Leben für seinen Glauben bezahlen muß. Keiner hat sich vorgenommen, ein Märtyrer zu werden.

Auch keiner von uns wird auf so einen Gedanken kommen, aber *rechnen* muß jeder damit, daß er von Gott so geführt wird. Denn es gehört zum Wesen der Kirche, daß sie Widerstand, Druck und Verfolgung erleidet.

Die Christen wollen diesen Konflikt nicht. In der Bibel — Römer 12,18 — steht: »Ist es möglich, soviel an euch liegt, so habt mit allen Menschen Frieden.«

Auch Herodes hatte von der christlichen Gemeinde nichts zu befürchten. Trotzdem hat er sie verfolgt. Wer zur Gemeinde Jesu gehört, muß mit Schwierigkeiten rechnen, bis hin zu Gefängnis und Tod. Es kann jeden treffen, dich genauso wie mich, denn Gott ist kein Automat, der jeden befreit.

Eben weil Gott kein Automat ist, dürfen wir aus dieser Geschichte nicht schlußfolgern, daß Gott jeden aus der

Klemme holen *muß.* Hier steht nur, daß Gott *kann,* und zwar auch dann, wenn wir nicht mehr weiter wissen.

Drei bis sechs Überraschungen

Wenn einer weiß, daß er Krebs hat und die Ärzte ihn aufgegeben haben, dann hat Gott immer noch alle Möglichkeiten offen. Wenn du in irgendeiner fatalen Situation deines Lebens nicht mehr mit Gott rechnest, bist du ein Fatalist, aber kein Christ. Als Christ kannst du immer mit Gottes Überraschungen rechnen.

Allein unsere heutige Geschichte enthält drei Doppel-Überraschungen:

1. Eine Tür, von der man dachte, sie bliebe geschlossen (die Gefängnistür), ging auf. Und eine Tür, von der man dachte, sie müßte sofort aufgehen (die Tür im Haus der Gemeinde), blieb geschlossen.
2. Ein Mann, von dem man dachte, er wäre wach in der Nacht (Petrus in der Zelle), schlief ruhig wie ein Kind. Und Menschen, von denen man dachte, sie würden schlafen (die Christengemeinde), waren munter.
3. Ein Mann, von dem man dachte, sein Leben sei zu Ende (der zum Tod geweihte Petrus), hat noch ein langes Leben vor sich. Und ein Mann, von dem man dachte, er hätte noch ein langes Leben vor sich (König Herodes), muß sterben.

Gott handelt oft anders, als wir denken, aber er handelt! Und er steht zu seinem Versprechen, daß die Pforten der Hölle die Kirche nicht überwältigen können.

Die Kirche ist nie verloren, wenn sie von ihren Gegnern bedrängt wird. Sie ist erst dann verloren, wenn sie einen Gegner für stärker als Gott und die Situation für aussichtslos hält. Von *außen* kann die Kirche jedenfalls niemals zerstört werden, solange es *in* ihr den Glauben an das Wort Gottes gibt.

Das Wort Gottes hat nämlich — das ist im Feuer der Weltgeschichte tausendfach bewiesen — eine seltsame

Eigenschaft: Je mehr es unterdrückt wird, um so mehr breitet es sich aus.
»Und das Wort des Herrn wuchs und mehrte sich.«

Was Nebu von der Jugend denkt

Daniel 1

Die UNO hat das Jahr 1985 zum Jahr der Jugend erklärt. Diese Erklärung hat mit der Erklärung der Menschenrechte durch die UNO eines gemeinsam: Man kann sie befolgen oder auch nicht.
Folgsam, wie ich bin, habe ich mir gedacht: Machste im Jugendgottesdienst mal was zum Jahr der Jugend. Also hab' ich mir die Bibel hergenommen und nachgesehen, wo da was von jungen Leuten drinsteht.
Da steht eine ganze Menge; das geht gleich auf der ersten Seite los mit Adam und Eva. Aber die Geschichte kennt ihr ja, die erzähle ich heute nicht.
Ich erzähle euch heute die Geschichte von vier jungen Männern: Danni, Hansi, Mischa und Atze. Natürlich stand bei denen im Ausweis nicht »Danni«, »Hansi« und so weiter, sondern der volle Name, also: Daniel, Hananja, Mischael und Asarja. Aber den Ausweis hatte man denen gerade weggenommen, und das kam so (ihr könnt das nachlesen im Alten Testament beim Propheten Daniel, Kapitel 1):
Es war mal wieder Krieg. Daran seht ihr schon, daß die Geschichte mitten aus dem Leben gegriffen ist, denn seit es die Menschen gibt, gibt's Krieg. Das ging mit den zwei jungen Männern Kain und Abel los, aber die Geschichte erzähle ich heute auch nicht.
Der absolute Höhepunkt auf dieser Strecke war der Zweite Weltkrieg mit 52 Millionen Toten. Man sollte meinen, daß die Menschen danach endgültig die

Schnauze voll gehabt hätten, aber ganz im Gegenteil: Seit dem letzten Weltkrieg, also seit 1945, hat es schon wieder 150 Kriege mit 21 Millionen Toten gegeben.
Wenn 1985, das Jahr der Jugend, vorbei ist, gibt's wieder eine neue Statistik. Dann werden wir erfahren, wieviel Millionen junge Menschen *dieses* Jahr im Krieg umgekommen sind. Denn es sind ja meist die jungen Männer, die ihre Knochen hinhalten müssen, wenn die alten Männer, die das Sagen haben, einen Krieg für nötig halten.

Beschränkt auch in der Auswahl

Es war also Krieg. Nebukadnezar, der König von Babel, stand mit seinen Truppen vor Jerusalem. Als er die Stadt eingenommen hatte, hat er sich ein paar Souvenirs mitgenommen, wie das bei solchen Siegen ja üblich ist. Und zwar ließ er einen Teil der kostbaren Geräte aus dem Tempel mitgehen.
Aber das war noch nicht alles. Mit ein paar kunstvoll geschmiedeten Pötten und Schüsseln aus Gold begnügt sich ein Typ wie Nebukadnezar nicht. Einer wie der nimmt nicht nur Schätze aus dem Tempel, sondern er nimmt auch Schätze aus dem Volk Israels. Er nimmt die Jugend mit. Denn er vertritt den Standpunkt: Wer die Jugend hat, hat die Zukunft.
Nebukadnezar war einer der ersten, der so dachte, und Hitler war einer der letzten, der so dachte. Und wer heute immer noch so denkt, ist eben der Hinterletzte.
Denn obwohl Hitler die Jugend hatte, hatte er die Zukunft nicht. Das Tausendjährige Reich, von dem er träumte, war schon nach zwölf Jahren zu Ende und ist für uns heute wie ein böser Traum der Vergangenheit,— genauso, wie das babylonische Weltreich des Nebukadnezar einer fernen Vergangenheit angehört.
Aber in der Zeit, in der unsere Geschichte spielt — im 6. Jahrhundert vor Christus —, war Nebukadnezar noch dicke da mit seiner Devise: Wer die Jugend hat, hat die Zukunft.

Daniel 1,3: »Und der König sprach zu Aschpenas, seinem obersten Kämmerer, er sollte einige von den Israeliten auswählen, und zwar von königlichem Stamm und von edler Herkunft, junge Männer.«
Die jungen Männer fordert er. Die Mädchen braucht er nicht. Erst Napoleon hat später, ganz im Geist Nebukadnezars, das berühmte Wort gesagt: »Gebt mir Mütter!« Vom kriegstechnischen Standpunkt aus sind die Frauen bloß wichtig für die Nachschubproduktion von Kanonenfutter. Aber so weit war Nebukadnezar noch nicht. Ihm genügen erst mal die Jungs, und zwar beschränkt er seine Auswahl auf »junge Männer, die keine Gebrechen hatten« (Vers 4). Für gebrechliche junge Männer hat Nebukadnezar nichts übrig. Die können weder die Gasmaske tragen noch die Handgranate schleudern, die sind im Krieg zu nichts zu gebrauchen und laufen schon im Frieden unter der Rubrik »Unkosten«.

Nebu träumt noch heute böse

Darum suchen heute die Nachfolger Nebus auf der ganzen Welt Mittel und Wege, um zu verhindern, daß behinderte Menschen überhaupt erst geboren werden. Wenn sie feststellen oder nur vermuten, daß ein Kind mit Behinderungen zur Welt kommen könnte, dann versuchen sie zu verhindern, daß es auf die Welt kommt, indem sie den Schwangerschaftsabbruch empfehlen oder durchführen, also das Kind töten.
Wenn aber das behinderte Kind doch zur Welt gekommen ist, dann versuchen sie, es möglichst unauffällig wieder loszuwerden. Es war wieder Adolf Hitler, der das in großem Stil betrieben hat. Die Nazis haben das Wort vom »lebensunwerten Leben« erfunden und haben Behinderte deswegen vergast, *weil* sie behindert waren.
Die Hievrigen, die Gebrechlichen, die Behinderten haben in der Welt Nebukadnezars keine Chance.
Wenn ich von Nebukadnezar spreche, meine ich zwar

den König von Babylon aus dem 6. Jahrhundert vor Christus; aber Nebukadnezar ist zugleich ein Symbol für alle Jahrhunderte, ein Symbol für alle Mächte, die die Jugend, die Juden, die Seelen, die das Leben überhaupt bedrohen. Nebukadnezar lebt unter uns, lebt in uns. Er ist der Geist dieser Welt, der Zeitgeist.
Und das Ideal einer Jugend, wie es Nebu im 6. Jahrhundert vor Christus hatte, deckt sich peinlich genau mit dem Ideal von Jugend, das wir im 20. Jahrhundert nach Christus haben. Nebukadnezar verlangte — Vers 4 — »junge Leute, die keine Gebrechen hätten, sondern schön, begabt, weise, klug und verständig wären, also fähig, am Königshof zu dienen«.
Das ist doch haargenau das Ideal von Jugend, wie es hinter jeder Werbung für Kosmetik, Kader und Kaserne steht. Schön muß sie sein, die Jugend, und die Begriffe »schön« und »Jugend« gehören für uns genauso zusammen wie »häßlich« und »alt«. Und noch die älteste Schreckschraube schlingt sich einen poppigen Schal um den ausgedörrten Hals, um jünger zu wirken; und noch der älteste Popper der Stadt zwängt seine fette Bierwampe in ein paar Jeans, um dünner zu wirken.
Jungsein ist angesagt, auf Biegen und Brechen, auch für unsere Rentner hat die Jugendmode ein lohnendes Angebot. Na und die übrigen Merkmale — begabt, weise, klug und verständig —, die sind doch selbstverständlich für jedes Schulkind.

Auf Bestie getrimmt

So wollen wir sie haben, unsere Kinderchen, und dagegen ist ja auch gar nichts einzuwenden. Aber die Frage ist, wozu Nebu seine Jugend so haben will. Was ist das Ziel seiner Erziehung?
Das steht hier ganz klar am Schluß; das ist so wichtig, daß es gleich zweimal da steht, Vers 4 und Vers 5. Das Erziehungsziel ist: »fähig, an des Königs Hof zu dienen«.
Königstreu muß die Jugend sein, regierungstreu,

staatstreu, linientreu. Das ist die Hauptsache, darauf läuft alles hinaus — die Jugend muß dem König dienen können. Nebu muß sich auf die ergebenen Dienste seiner Jugend absolut verlassen können.
Zum letzten Mal für heute zitiere ich Hitler, weil der es auch an diesem Punkt auf die Spitze getrieben hat. Hitler hat gesagt: »In meinen Ordensburgen wird eine Jugend heranwachsen, vor der die Welt erschrecken wird ... Ich werde sie in allen Leibesübungen ausbilden lassen. Ich will eine athletische Jugend. Das ist das Erste und Wichtigste ... Beherrschung müssen sie mir lernen. Sie sollen mir in den schwierigsten Proben die Todesfurcht besiegen lernen.«
Das Vorbild der Ordensburgen, in denen Hitler seine Jugend auf Bestie trimmte, war die Schule Nebukadnezars. Der hat dort für die jungen Männer aus Israel gut gesorgt, unheimlich gut. Er bietet ihnen die besten Bildungschancen und die besten Posten. Und auch sonst wird er an seinem Hof einiges zu bieten gehabt haben: mal einen Sommernachtsball, mal ein Jugendfestival, mal einen harten Sportlertest oder auch ein Schützenfest — jedenfalls läßt Nebu es sich was kosten, die Jungs zu erziehen.
Das heißt: Es handelt sich bei dieser Erziehung eigentlich mehr um eine Umerziehung. Nebu will Königsdiener, aber was er vor sich hat, sind Gottesdiener.
Die vier jungen Männer sind Juden, also Menschen, die an Gott glauben. Ihnen ist das Erste Gebot in Fleisch und Blut übergegangen: »Ich bin der Herr, dein Gott, du sollst keine anderen Götter haben neben mir.«

STABÜ total

Um solche Gottesdiener zu Königsdienern umzufunktionieren, dazu ist Schulung nötig, Umschulung. So was klappt nicht von heute auf morgen, deshalb stellt Nebu einen Plan auf, und zwar für drei Jahre.
Dieser Dreijahresplan enthält drei Schwerpunkte.

Nebu weiß, daß der Mensch aus drei Teilen besteht: Leib, Seele und Geist. Deshalb kümmert sich Nebu um ihren Geist und bestimmt, was sie zu denken haben. Er kümmert sich um ihre Seele und bestimmt, was sie zu glauben haben. Und er kümmert sich um ihren Leib und bestimmt, was sie zu essen haben. Nebus Erziehungsprogramm ist total.

Der erste Punkt der Umschulung ist die Umbenennung. Den Jungs werden als erstes ihre Ausweise abgenommen, das heißt: ihnen werden ihre Namen genommen, und sie kriegen neue. Vers 7: »Und er nannte Daniel Beltschazar und Hananja Schadrach und Mischael Meschach und Asarja Abed-Nego.«

Diese Umbenennung ist keine harmlose Spielerei, da steckt System dahinter. In allen vier Namen kommt nämlich das hebräische Wort »Gott« vor. Daniel bedeutet: Gott ist Richter, also Gotthard. Mischael bedeutet: Wer ist wie Gott?, also Gottwalt. Hananja bedeutet: Güte Gottes, also Gottlieb. Asarja bedeutet: Gott hilft, also Gotthilf.

Stellt euch mal vor, die haben STABÜ (das war die babylonische Abkürzung für »Strategische Ausbildungs-Bekenntnis-Übung«), und der Lehrer sagt: »Gotthilf, sei mal so lieb und hilf dem Gottlieb beim Abwischen der Tafel, damit der Gotthard verbessern kann, was der Gottwalt falsch gemacht hat . . . « Solche frommen Namen sind natürlich an der Kaderschmiede Nebus unmöglich. Das verhaßte Wort »Gott« muß verschwinden. Die Erinnerung an die frommen Eltern, die gläubige Gemeinde, überhaupt an Gott, muß weg.

Was jetzt in die Köpfe reinmuß, ist die Weltanschauung des Herrschers. Sie müssen sein Denken übernehmen, deshalb ist Punkt zwei des Dreijahresplanes — Vers 4 —: Sie sollen »in Schrift und Sprache der Chaldäer unterrichtet werden«. Ein richtiger Diener muß die Sprache seines Herrn sprechen. Nur so kann das Erziehungsziel, »vor dem König zu dienen«, erreicht werden.

Dritter Schwerpunkt — Vers 5 —: »Der König bestimmte, was man ihnen täglich geben sollte von seiner Speise und von dem Wein, den er selbst trank.«
Das war natürlich nobel, den Jungs das gleiche feudale Essen zu geben, wie es seine Majestät höchstderoselbst speiste, aber auch das hatte seinen Haken. Von dem, was am Königshof gegessen und getrunken wurde, jedenfalls vom Fleisch und vom Wein, wurde ein Teil den Göttern geopfert.
Hier konnten die vier jungen Männer nicht mehr mitmachen, und um das zu verstehen, wollen wir uns die Vier mal etwas näher ansehen, vor allem den Daniel.

Treue braucht eine Grenze

Daniel ist ein junger Mann, der an Gott glaubt. Er wird gezwungen, in einer Welt zu leben, die ihn zu einem gottlosen Fürstenknecht umerziehen will. Daniel ist ein junger Mann, der ein waches Gewissen hat. Die Gewissenhaftigkeit dieses einen an einem bestimmten Punkt wird zur folgen- und segensreichen Gehorsamsverweigerung aus Gewissensgründen. Daniel ist ein junger Mann, der weiß: Im Glauben wird man sehr schnell schwach, wenn man keine Glaubensgenossen hat.
Also sucht Daniel Freunde. Wie das so ist, findet er nicht viele. In einer Jugend, die bloß an der Flasche und bloß rumhängt, gibt's nicht viele, die nach Gottes Maßstab leben. Hunderte, Tausende sind mit Daniel in der Gefangenschaft, aber er findet nur ganze drei, die treu bleiben wollen: Hansi, Mischa und Atze.
Vier von Tausenden, mehr nicht. Und diese Vier setzen sich zusammen und sagen sich: Wir würden zwar lieber woanders leben, aber wir leben nun mal hier. Gott hat uns hierher gestellt. Und deswegen ist es nicht unsere Aufgabe, Plakate zu malen mit der Aufschrift »Nebu ist blöde«. Es ist nicht unsere Aufgabe, Flugblätter gegen Babylon zu drucken oder staatsfeindliche Texte zu schreiben. Wir haben diesem Staat zu gehorchen, ob es

uns paßt oder nicht. Wir müssen manches mitmachen, z.B. das Schulungsprogramm, und können und dürfen da nicht aussteigen. Wir müssen manches schlucken, was uns nicht schmeckt, ohne daß wir uns deswegen von Gott trennen. Aber es gibt für alles eine Grenze, und wenn die überschritten ist, ist die Trennung von Gott vollzogen.

Deshalb, so sagen sich die Vier, müssen wir eines machen: Wir müssen eine klare Grenze ziehen, wie weit wir gehen können und ab wann wir nach dem Grundsatz handeln müssen: Man muß Gott mehr gehorchen als den Menschen.

Die Vier setzen sich eine Grenze und sagen: Bis da hin kann der König mit uns rechnen, von da an ist Schluß. Mit dieser Grenzziehung tun sie etwas enorm Wichtiges: Sie retten ihren Glauben.

Viele Menschen haben ihren Glauben nicht verloren durch Zweifel oder Vernunftargumente, sondern durch Anpassung an die gottlose Umwelt. So ist es vielen Juden dort in Babel ergangen. Zuerst haben sie ein bißchen mitgemacht, dann haben sie sich immer mehr angepaßt, *dann* kamen die Zweifel, *dann* kam der Gedanke, ob es Gott überhaupt gibt, und *dann* haben sie ihren Glauben verloren.

Der Schonkost-Test

Die vier jungen Männer haben ihren Glauben gerettet, indem sie eine Grenze gezogen haben. Und zwar haben sie diese Grenze gezogen, wo es ums Essen und Trinken ging. Ich habe das schon erwähnt: Von dem Fleisch und von dem Wein, den's beim König gab, wurde ein Teil den Göttern geopfert, geweiht.

Nun hat Gott in der Bibel den Juden streng verboten, so was zu essen und zu trinken. Wenn die Vier da mitgemacht hätten, hätte es so ausgesehen, als würden sie auch an die babylonischen Götter glauben, als wären sie auch überzeugt von der modernen Weltanschauung

— und damit hätten sie Gott verleugnet. Denn jeder, der sie dabei gesehen hätte, hätte gesagt: »Sieh mal an, jetzt sind die auch Nebukisten geworden!«
Vers 8: »Aber Daniel nahm sich in seinem Herzen vor, daß er sich mit des Königs Speise und mit seinem Wein nicht unrein machen wollte.«
Er marschiert zum obersten Küchenbullen, knallt die Hacken zusammen und trägt sein Problem vor: »Melde gehorsamst — alle Zimmergenossen von Stube 15 haben was gegen Fleisch und Wein. Könnten wir nicht bittschön auf Diät gesetzt werden?« Vers 9: »Und Gott gab es Daniel, daß ihm der oberste Küchenchef günstig und gnädig gesinnt wurde.«
Es steht in der Bibel — Sprüche 21,1 —: »Des Königs Herz ist in der Hand Gottes wie Wasserbäche; er lenkt es, wohin er will.« Das ist hier mal so ein Fall, wo Gott das Herz eines königlichen Beamten gelenkt hat wie einen Wasserbach. Der drückt nämlich ein Fettauge zu und genehmigt Wasser statt Wein.
Allerdings hat er Schiß, daß die Jugendfreunde ohne die königlichen Schnitzel vom Fleische fallen, und so dünne sind sie dann nicht mehr als Regierungskader geeignet, höchstens noch für die Kreisebene; und er selber fürchtet um sein Leben, wenn das rauskommt.
Aber Daniel macht der Küchenschabe Mut — Vers 12f —: »Versuch's doch mit deinen Knechten zehn Tage lang und laß uns Gemüse zu essen und Wasser zu trinken geben. Und dann laß dir unser Aussehen und das der jungen Leute, die von des Königs Speise essen, zeigen.«
Der Test wird gemacht. Nach zehn Tagen melden sich die Vier beim Küchenbullen zur Kontrolle, und siehe da, Vers 15: »Und nach zehn Tagen sahen sie schöner und kräftiger aus als alle jungen Leute, die von des Königs Speise aßen.«

Daniel und sein Radieschen

Diese Geschichte ist keine Werbung für alternative Ernährung mit Müsli und geschabten Möhren, obwohl ich natürlich sagen muß, daß wir alle zuviel Fleisch essen und vor allem die viele Schweinefleischesserei wirklich ungesund ist. Da bin ich mit Miß Piggy völlig einig.
Das steht übrigens alles schon in der Bibel, und wenn wir uns mehr nach den Ernährungsvorschriften der Bibel richten würden, würden wir viel gesünder leben. Es gäbe weniger kranke Menschen, wenn es mehr gottgehorsame Menschen gäbe. Auch Fettbauch, Nieren- und Gallenstein können die Folge von Gottlosigkeit sein. Aber in unserer Geschichte geht es nicht nur um die Gesundheit des Leibes, sondern vor allem um die Gesundheit der Seele. »Der Mensch lebt nicht vom Brot allein, sondern von einem jeden Wort Gottes.«
Du kannst noch so viel zu essen haben; wenn du unglücklich bist, schmeckt's nicht, und wenn du mit schlechtem Gewissen ißt, bekommt's nicht.
Daniel knabbert seine Radieschen mit einem guten Gewissen, einem dankbaren Herzen und einem Tischgebet, und deshalb gedeiht er dabei. Er fühlt sich wohl, obwohl das, was er ißt — Gemüse, Kohl — in den Augen Nebus und der Welt verachtete Speise ist.

Der sicherste Standpunkt der Welt

Wie viele Kinder müssen es sich gefallen lassen, daß ihnen verächtlich gesagt wird: »Was die euch da in der Christenlehre erzählen, ist doch Kohl.«
Wie viele Jugendliche müssen es sich gefallen lassen, daß ihnen verächtlich gesagt wird: »Was die euch da im Konfirmandenunterricht erzählen, ist doch Käse.«
Wie viele Menschen müssen es sich gefallen lassen, daß ihnen verächtlich gesagt wird: »Was die euch da in der Kirche erzählen, ist doch kalter Kaffee. Von diesem abgestandenen Zeug kann man doch heutzutage nicht

mehr leben. Um im Leben vorwärtszukommen, braucht man eine ganz andere Grundlage.«

Das hören wir schon seit Nebus Zeiten, aber seit Erschaffung der Welt ist das Wort Gottes der sicherste Standpunkt der Welt. Gott segnet alle, die gehorsam nach seinem Wort leben.

Am Ende unseres Kapitels heißt es in Vers 20 von den vier jungen Männern: »Und der König fand sie in allen Sachen, die er sie fragte, zehnmal klüger und verständiger als alle Zeichendeuter und Weisen in seinem ganzen Reich.«

Gott ist denen treu, die ihm treu sind. Und wenn du Gott die Treue hältst, läßt er auch dich nicht sitzen, sondern er wird dir das geben, was du zum Leben brauchst.

Dem Daniel gab Gott Freunde, Gesundheit, Verstand, Erfolg und einen guten Posten. Er arbeitete als ein treuer Staatsdiener auf einem der höchsten Posten in der Regierung Nebukadnezars zum Wohle des babylonischen Reiches. Aber die oberste Autorität seines Lebens blieb das Wort Gottes. Wer nach Gottes Wort lebt, wird nicht verkohlt, sondern gesegnet.

Um noch mal auf den Satz »Wer die Jugend hat, hat die Zukunft« zurückzukommen — das hat beim Nebu auch nicht geklappt. Er hatte zwar die Jugend, aber die Zukunft hatte er nicht. Es dauerte nicht lange, da klappte das babylonische Weltreich zusammen, es kam die nächste Großmacht, es kam der nächste Herrscher, der Kyros, und Nebu hatte abgegessen.

Im letzten Vers des Kapitels heißt es: »Und Daniel blieb im Dienst bis ins erste Jahr des Königs Kyros.«

Es heißt nicht: »Und Nebukadnezar blieb.«

Es heißt: »Und Daniel blieb.«

Kehrt um!

Lukas 3,1-11

Irgend so ein vertrackter Liedermacher hat das Gerücht ausgestreut: »Morgen, Kinder, wird's was geben! Und prompt rammeln jeden Morgen die Massen vor die Türen der Kaufhäuser — »Macht hoch die Tür, die Tor' macht weit, zum Einkauf steh'n wir kampfbereit . . . « —, und sobald sich die Kaufhauspforten öffnen, stürzen alle rein wie ein Schwarm Heuschrecken.
Der Guts-Muths-Lauf zwischen Konsum und Kaufhaus hält uns alle in Atem. Die Jagd nach Geschenken erfüllt unsere Herzen und Sinne mit weihnachtlicher Wut nach dem Motto: Jeder Einkauf eine besondere Pleite.
Aber wir bleiben hoffnungsvoll bei der alten Melodie »Morgen, Kinder, wird's was geben«, und wir sind voll gespannter Erwartung, was es morgen geben wird. Beziehungsweise nicht geben wird.
In den Tagen, bevor Jesus kam, lebten die Menschen auch in gespannter Erwartung. Sie erwarteten nicht aus dem Konsum ein Päckchen Haushaltskerzen oder aus dem Westen ein Päckchen Pfefferkuchenherzen, sondern sie erwarteten Christus, den Retter der Welt, der die große Veränderung aller Verhältnisse bringen sollte.
Da trat einer auf und sagte:
»Leute, es ist soweit! Jetzt kommt er! Der seit Jahrhunderten erwartete Erlöser der Welt ist unmittelbar vor der Tür. Wer ihm begegnen will, soll sich vorsehen. Wer ihn nicht verpassen will, soll sich sputen. Wer von ihm keine verpaßt kriegen will, soll sich vorbereiten.
MACHT PLATZ! RÄUMT AUF! SCHAFFT ALLES WEG, WAS IM WEG LIEGT! WEG MIT DER SÜNDE! KOMMT ZUR BEICHTE! BEKEHRT EUCH! LASST EUCH TAUFEN! DER NACH MIR KOMMT, DER TAUFT MIT

FEUER! WER KEINE GUTEN TATEN TUT, WIRD ABGESÄGT UND INS FEUER GESCHMISSEN!«

Am Jordan steht ein Bürgerschreck

Der Mann, der mit solchen feurigen Reden die Situation anheizte, war Johannes der Täufer.
Es werden in der Bibel eine ganze Menge seltsamer Gestalten erwähnt, aber ich finde, der Johnny war der Ausgeflippteste von allen. Ein absolut irrer Typ: Kutte aus Zottelfell (kein Exquisitmodell), Strick um den Bauch, und das Schärfste war: der aß Heuschrecken.
Also ein Bürgerschreck von Kopf bis Fuß, und die Art, wie er predigte (er war der letzte Prophet vor Jesus), war sowieso das Letzte.
Erstens mal predigte er nicht in einem Haus, sondern draußen unter freiem Himmel am Jordanufer. Und zweitens verspritzte er dort nicht nur eine Menge Wasser, sondern auch eine Menge spitzer Bemerkungen, die jedem anständigen Menschen in die Nase fahren mußten.
Wie ein Lauffeuer verbreitete sich die Nachricht von dem feurigen Prediger. Überall gab es Diskussionen um den »Gottesdienst einmal anders« am Jordan. Manche sind dafür, manche sind dagegen, aber alle sind dabei, wenn der nimmermüde Jo die Show am Jordan abzieht.
Endlich ist mal was los. Und mit Kind und Kegel, bei Wind und Wetter, rammelt alles raus zum Jordan — das muß der Mensch einfach gesehen haben, wie sie zur Beichte Schlange stehen, als ob's Karpfen gratis gäbe. Und selbst wer Zweifel hat, stellt sich mit an — wer weiß, vielleicht hat der verrückte Johannes recht. Dann kann ein Bad im Jordan ja nix schaden.

Das langt nicht, ihr Kriecher!

Eigentlich kann sich der Herr Amtsbruder Johannes freuen. Welcher Prediger freut sich nicht, wenn die Massen strömen. Aber dem Johannes ist der Massenandrang verdächtig. Er befürchtet eine Bekehrungswelle ohne Tiefgang. Er befürchtet, daß die Leute denken: »Wenn wir zum Jo zur Predigt gehen und uns mal unters Wasser stippen lassen, dann ist alles okay, dann sind wir gerettet, dann sind wir vor dem Zorn Gottes sicher.«
»Nein«, sagt Johannes, »so geht das nicht! Gott verlangt mehr von euch. Er verlangt *Umkehr*! Er verlangt *Bekehrung*!« Und um das den Leuten klarzumachen, um die überhaupt erst munter zu machen, staucht er die Masse mit unflätigen Beschimpfungen zusammen.
Statt seine Predigt, wie's sich gehört, anzufangen mit »Liebe Freunde« oder »Liebe Gemeinde«, knallt er denen gleich als erstes eine unerhörte Beleidigung vor den Latz: »Ihr Otterngezücht!«
Das heißt: »Ihr Schlangenbrut! Ihr Teufelskinder! Ihr kriecherisches Geschmeiß! Ihr heuchlerischen Kriecher!«
»Wer hat euch denn weisgemacht, daß ihr dem Zorn Gottes entkommen werdet? Ihr wollt zur Beichte kommen? In Ordnung. Ihr wollt euch taufen lassen? In Ordnung. Aber dann bringt gefälligst auch in Ordnung, was in eurem Leben nicht stimmt.
Zieht die Konsequenzen! Sonst ist eure Wallfahrt zum Jordan, eure Beichte, eure Bekehrung, eure Wassertaufe einen feuchten Dreck wert. Schafft den Dreck aus eurem Leben! Schafft Früchte! Rechtschaffene Früchte! Oder bildet ihr euch ein, das habt ihr nicht nötig? Weil Abraham euer Vater ist, also weil ihr schon von Geburt an zu Gottes Volk gehört? Das interessiert Gott überhaupt nicht! Gott fragt nicht, wer euch produziert hat, sondern was *ihr* produziert. Gott fragt nicht, wer euer Vater ist, sondern wer *ihr* seid, wo *eure* Früchte sind,

eure Taten. Gott fragt nicht, in welcher Familie ihr aufgewachsen seid, sondern welche Früchte in eurem Leben gewachsen sind. Und wenn bei euch keine Früchte wachsen, werdet ihr abgesägt und gefeuert!

Theo hakt nach

So weit Jo am Jordan zu den Juden. Und jetzt Theo an der Chemnitz zu der Jugend:

Wer hat euch denn weisgemacht, ihr könntet dem Zorn Gottes entfliehen? Habt ihr euch überhaupt jemals Gedanken darüber gemacht, daß es einen Zorn Gottes, daß es ein jüngstes Gericht, daß es eine ewige Verdammnis gibt?

Ihr denkt: Der liebe Gott ist ein alter Knacker mit angeklebtem Wattebart, und das herzliebe Jesulein ist aus Marzipan und hat alle Jahre wieder pünktlich am 24.12. bei euch unterm Weihnachtsbaum zu liegen. Aber da liegt ihr schief!

Gott ist ein heiliger Gott, der Gehorsam verlangt und Ungehorsam bestraft.

Das wollen natürlich viele Leute nicht wahrhaben. Die wollen uns weismachen, daß es gar keinen Zorn Gottes gibt. Die berufen sich auf die Bibel, 1 Johannes 4,8: »Gott ist Liebe.«

Ja, das steht hier, aber hier steht noch mehr: »Gott ist Liebe. Darin ist erschienen die Liebe Gottes unter uns, daß Gott seinen eingeborenen Sohn gesandt hat in die Welt, damit wir durch ihn leben sollen.«

Als Jesus, der Sohn Gottes, am Kreuz starb, starb er für dich. Den Zorn Gottes, der dir galt, nahm er auf sich, damit du leben kannst. Und deshalb hat Jesus gesagt — Johannes 3,36 —: »Wer an den Sohn Gottes glaubt, hat das ewige Leben. Wer dem Sohn Gottes nicht glaubt, der wird das Leben nicht sehen, sondern der Zorn Gottes bleibt über ihm.«

Freunde, der Zorn Gottes steht über jedem Menschen. Jeder Mensch ist ein Sünder. Jeder Mensch muß ins

jüngste Gericht. Aber jeder Mensch hat die Möglichkeit, Gottes Zorn zu entkommen.
Und ich frage dich jetzt: Mensch, woher nimmst du eigentlich die Gewißheit, daß du vor dem Zorn Gottes sicher bist? Weil du heute und an anderen Sonntagen in die Kirche gehst? Weil du aus einer frommen Familie stammst? Weil du als Säugling getauft worden bist? Weil du dich irgendwann einmal bekehrt hast?
Das ist ja alles schön und gut. Und wenn du schön Kollekte gibst, zum Abendmahl gehst, vorm Essen betest, ist das alles noch schöner. Aber das langt nicht! Das ist zu billig! So einfach geht das nicht! Du kannst dem zukünftigen Zorn Gottes nicht entfliehen, wenn deine Bekehrung, deine Taufe, deine Beichte ohne Konsequenzen bleibt!
Es gibt heute auf der einen Seite ein unverbindliches Massenchristentum und auf der anderen Seite einen Haufen superreligiöses Getue, aber wo Taten gefragt sind, ist Ruhe.
Wenn man fragt: »Wer wischt mal das Gemeindehaus?«, da hat keiner Zeit. Wenn man fragt: »Wer ist bereit zur Mitarbeit?«, da muß man zehnmal fragen, bis nach lauter faulen Ausreden ein Ja oder Nein kommt. Wenn man mal auf den Busch klopft, was am Baum eurer Frömmigkeit dran ist, da kommt entweder gar nichts oder saure Äpfel, saure Gesichter, die sich mit Mühe und Seufzen mal eine gute Tat abquälen.

Es kommt noch dicker

Vermutlich seid ihr jetzt eingeschnappt. Jetzt arbeitet euer Gehirn auf Hochtouren, jetzt sucht ihr zusammen, was ihr an Früchten vorweisen könnt. Jetzt sagt ihr euch: »Also so schlecht, wie der uns heute wieder mal macht, sind wir doch gar nicht!«
Na fein! So ist's recht, meine Lieben, immer geht nur in Abwehrstellung! Immer feste! Pocht nur auf eure guten Taten, die ihr ja auch habt! Das ist genau die richtige Ein-

stellung, um Jesus unter Garantie zu verpassen.
Um euch davor zu bewahren — nicht, um euch zu ärgern —, bohre ich noch ein bißchen weiter: Also, wo sind denn eure Früchte? Wo ist z.B. euer offenes Bekenntnis zu Jesus?
Jesus hat gesagt: »Wer mich bekennt vor den Menschen, den werde ich bekennen vor meinem himmlischen Vater. Wer mich nicht bekennt vor den Menschen, den werde ich nicht bekennen vor meinem himmlischen Vater.«
Wie steht es um eure Bereitschaft, für euren Glauben zu leiden, zu kämpfen? Was hast du in der letzten Woche getan, um den Namen von Jesus bekannt zu machen? Und wie viele kleine Lügen, schmierige Kompromisse, feiges Verleugnen, wieviel Sünde hat es bei dir in der letzten Woche gegeben?
Na also! Und bist du denn bereit, dich von heute ab zu ändern? Es anders zu machen? Oder weißt du jetzt schon, daß du nächste Woche den gleichen Mist weitermachen wirst, den du letzte Woche schon gemacht hast? Du Heuchler! Da schlängelst du dich durch alle Schwierigkeiten hindurch, windest und krümmst dich um eine klare Entscheidung herum, redest doppelzüngig, zischelst über andere Leute, verspritzt giftige Bemerkungen, verkriechst dich in die Löcher deines Privatlebens, kriechst vor den falschen Herren auf dem Bauche — ist das vielleicht kein heuchlerisches Kriechertum?
Beruhigst du dich vielleicht damit, daß man sich ja von Gott alle Schuld vergeben lassen kann? Ja, das stimmt, aber eines darfst du nicht vergessen: Gott stellt dem, der Vergebung haben will, unerbittlich eine Bedingung, um die sich keiner herumschlängeln kann. Diese Bedingung heißt: Kehr um! Bekehre dich! Kehre den Dreck aus deinem Leben!

Nun hör schon auf!

Wer Besuch erwartet, kehrt seine Bude. Adventszeit ist Erwartungszeit. Wir erwarten Besuch. Schriftlich — in der Heiligen Schrift! — wird uns angekündigt: Unser Herr kommt.

Und jetzt kommt es darauf an, sich vorzubereiten. Aber wie? Johannes sagt: »Tut Buße! Macht das, was krumm ist, gerade!«

Also: Wenn du krumme Wege gehst, kehr um, geh deinen Lebensweg gerade. Wenn du einen krummen Buckel machst, richte dich auf, sei aufrichtig, zeige Rückgrat. Wenn du krumme Sachen drehst, dreh dich um. Steig aus bei den falschen Kumpels. Verdiene dein Geld ehrlich. Hör auf, in deinem Betrieb zu klauen. Lebe nicht mehr nach dem Motto: »Aus unseren Betrieben ist noch viel herauszuholen, also: Packen wir's ein!«

Buße tun heißt: Du gibst deinem Leben eine neue Richtung. Mit dem Falschen machst du Schluß und fängst an, das Richtige, das Rechte zu tun. Zur Buße gehört also nicht bloß die Erkenntnis, daß du was falsch gemacht hast, sondern vor allem der Vorsatz, die Sache jetzt in Ordnung zu bringen. Buße ist nur echt, wenn sie in ein Gebet mündet und in einen praktischen Vorsatz, der möglichst noch am gleichen Tag ausgeführt werden kann.

Als der Johannes mit seiner Bußpredigt fertig war, sind die Leute nicht nach Hause gefußt mit der tiefschürfenden Frage im Herzen: »Was gibt's heute mittag? Schnitzel oder Roulade?« Sondern sie sind zum Johannes hingegangen und haben ihn gefragt: »Was sollen wir denn tun?«

Da hat er ihnen Dinge gesagt, die sofort realisierbar waren. »Guckt euch um«, sagt er, »da steht einer, der friert. Du hast, mindestens, zwei Pullis. Gib ihm einen davon. Da drüben steht einer, der hat Hunger. Der ist heute mittag in Annaberg losgefahren, ohne ans Essen zu denken, und du hast noch ein paar Äpfel in der Tasche. Gib ihm ein paar ab! Warte mit dem guten Werk nicht erst bis zur nächsten Straßensammlung, tu's gleich!«

Ich hätt's gern lieber umständlich

Was Johannes hier so vorschlägt, ist verblüffend simpel. Das ist so simpel, daß man sich fragt: Warum macht er erst solchen Wind? Redet große Worte von Buße und Früchten, und dann fällt ihm weiter nichts ein als eine Werbung für die Innere Mission: Spendet Klamotten! Gebt was zu essen!
Erst fährt er die schärfsten Geschütze auf, droht mit dem Zorn Gottes, macht den Leuten die Hölle heiß; und wenn sie fragen, wie sie dem Zorn Gottes entrinnen können, da heißt es: Teilt mit einem andern euren Vorrat an Bratäpfeln.
Da fragt man sich doch: Ist das wirklich so einfach mit der Buße? Läßt sich Gottes Zorn mit ein paar Bratäpfeln dämpfen? Macht es sich der alte Jo hier nicht zu simpel?
Ich denke: In dem Simplen liegt gerade die Pointe der ganzen Sache. Natürlich hätte Johannes große sozialpolitische Programme entwerfen können; hätte über die Veränderung der gesellschaftlichen Strukturen diskutieren können; hätte hinweisen können auf die schwierigen sozialen Verhältnisse seiner Zeit, z.B. eine heidnische Besatzungsmacht im Land, die die Soldaten daran hindert, gut zu sein — so wie es bei Bert Brecht heißt: »Wir wären gut, anstatt so roh, doch die Verhältnisse, sie sind nicht so.«
Johannes läßt seinen Zuhörern nicht die Zeit, ihr Leben erst dann neu zu orientieren, wenn einmal die Verhältnisse anders geworden sind. Mögen die gesellschaftlichen Verhältnisse sein, wie sie wollen — die tägliche Entscheidung des Herzens und deine Verantwortung vor Gott nehmen sie dir nicht ab.

Johannes verweist nicht auf Taten, die die Welt erschüttern könnten, sondern auf das, was die Leute *sofort* tun können. »Tut das Nächstliegende, helft dem Nächstliegenden, der mit seinem Problem vor eurer Nase liegt!«

Jesus nervt mit Kleinigkeiten

Also, was liegt bei dir an? Vielleicht liegt bei dir zu Hause seit Wochen ein Brief rum, und du weißt genau: der Absender wartet auf Antwort. Na dann schreib doch endlich, noch heute!

Oder: Da liegt irgendwo ein Kranker. Du weißt es, und du wolltest ihn schon lange besuchen, aber wie das so ist, gerade in der Adventszeit — immer kommt was dazwischen. Na dann geh doch, um Himmels willen, geh endlich hin, gerade in der Adventszeit! Wer weiß, was sonst noch dazwischen kommt, zum Beispiel: Jesus.

Irgendwann kommt er ja dazwischen, mittenrein in unsere langfristigen Pläne, wichtigen, unaufschiebbaren Termine, gemütlichen Feierstunden, und stellt uns ein paar ganz simple Fragen, etwa: »Warum hast du mich damals nicht besucht, als ich krank war? Warum hast du meinen Brief nicht beantwortet? Warum hast du mir nichts von deiner Zeit, deinem Besitz, deinen Erfahrungen abgegeben?«

Kleinigkeiten, alles Kleinigkeiten! Tatsächlich, aber gerade diese Kleinigkeiten sind es, auf denen Jesus mit entnervender Sturheit herumreitet (lies mal Matthäus 25!). Gerade diese Kleinigkeiten sind es, die der Herr erwartet, als *Früchte* erwartet. Jesus gibt dir Gelegenheit zur Umkehr und zu einem fruchtbaren Leben.

Das Leben ist wie ein Gang durch die Kaufhalle. Du nimmst da eine Kleinigkeit, dort eine Kleinigkeit, aber am Schluß kriegst du die Rechnung. Ist dir klar, daß sich die große Abschlußrechnung deines Lebens aus lauter kleinen Posten zusammensetzt, aus lauter sogenannten simplen Kleinigkeiten?

Jesus wird dich fragen: »Was war bei dir drin? Was für Früchte sind bei dir dran?« Jesus hat gesagt — Johannes 15,2.6 —: »Jede Rebe an mir, die keine Frucht bringt, wird Gott wegnehmen . . . Wer nicht in mir bleibt, der wird weggeworfen wie eine Rebe und verdorrt, und man sammelt sie und wirft sie ins Feuer.«
Genau dasselbe hat Johannes der Täufer gesagt. Der Schlußsatz seiner Predigt — Lukas 3,9 — hieß: »Es ist schon die Axt den Bäumen an die Wurzel gelegt; jeder Baum, der nicht gute Frucht bringt, wird abgehauen und ins Feuer geworfen.«

Deine letzte Chance

Das ist ein Predigtschluß! Johannes klebt nicht noch ein beruhigendes Trostpflaster hintendran. Es ist ihm auch egal, ob manche Leute ihm bescheinigen können, daß er das Geschäft mit der Angst betreibt, daß er die Leute zur Bekehrung treibt, weil er ihnen Angst vor dem Zorn Gottes macht.
Die Bibel jedenfalls bescheinigt Johannes — Vers 18 —, daß er den Leuten das *Heil* gepredigt hat. Bußpredigt ist Heilspredigt. Damals haben sich welche bekehrt, haben allen Dreck rausgekehrt, um den Sohn Gottes empfangen zu können.
Und dann kam tatsächlich der Sohn Gottes, Jesus. Und es kam das große Wunder: Dieser Jesus kam nicht mit der Axt, er kam nicht zum Gericht, er haute die Sünder nicht zusammen. Sondern er hat noch mal genau mit der Predigt des Johannes angefangen: »Tut Buße! Bekehrt euch! Ihr habt noch eine Chance!«
Das ist ja interessant: Als Jesus das erste Mal öffentlich auftritt und seine erste Predigt hält, da heißt das erste Wort seiner Predigt: »Bekehrt euch!« Das ist also nicht eine Spezialmacke von ein paar fanatischen Evangelisten, sondern das ist so wichtig, daß Jesus es an die erste Stelle setzt.
Ohne Bekehrung gibt's kein Christsein. Und wenn du

nicht bereit bist, dich zu bekehren, das heißt: täglich Buße zu tun und Früchte zu bringen, wird Gottes Zorn dich vernichten.
Richte dich darauf ein: Jesus, der Sohn Gottes, der zu Weihnachten als Kind in die Welt kam, kommt zum Ende der Welt als Richter wieder. Er kommt zum Gericht, zur Ernte.
»Bereitet dem Herrn den Weg. Siehe, der Herr kommt gewaltig.«

Weiche Knie an der Kasse

1 Könige 21

Beim letzten Jugendgottesdienst ist mir ein Fehler passiert. Als ich mich für die Kollekte bedankt habe, habe ich gesagt: »Da war eine Sonderspende von 1.000 Mark für die Aktion *Brot für die Welt* drin.« Das hat aber gar nicht gestimmt.
Es stimmt zwar, daß eine Sonderspende von 1.000 Mark drin war, aber nicht für die Aktion *Brot für die Welt*, sondern für den Kindergarten in Döbeln. Ich habe das verwechselt, falsch gesagt, dafür möchte ich mich erstens entschuldigen.
Und zweitens möchte ich euch versichern, daß diese 1.000 Mark nicht an die Aktion *Brot für die Welt*, sondern an den Kindergarten in Döbeln überwiesen worden sind.
Das gilt prinzipiell für alle Kollekten: Das Geld wird dorthin gegeben, wofür wir es hier gesammelt haben. Also wenn wir heute zum Beispiel für ein Klavier für den Röhrsdorfer Park sammeln, dann wird das Geld auch ausgegeben für ein Klavier und nicht für eine Runde Bier.

Es hätte ja auch gar keinen Sinn, solches Geld für einen anderen Zweck zu benutzen, denn dann würde ja kein Segen mehr darauf liegen.
Was passiert, wenn jemand fremdes Eigentum oder Kollektengelder veruntreut, darüber möchte ich heute predigen, und zwar erzähle ich euch dazu zwei Geschichten.

Der blödeste Schmoller ist Isebels Oller

Im Alten Testament — 1 Könige 21 — steht die Geschichte von Naboths Weinberg.
Dieser Weinberg lag direkt neben dem Palast des Königs Ahab, und der König hatte es sich in den Kopf gesetzt, diesen Weinberg in seinen Besitz zu bringen.
Nicht etwa, weil er selber keinen Weinberg gehabt hätte, er wird sicher mehr als einen gehabt haben. Nein, aber weil das Grundstück vom Naboth so praktisch gleich neben dem des Königs lag, lag dem König sehr daran, sich den Weinberg einzuverleiben, wenn auch völlig zweckentfremdet: Er wollte einen Gemüsegarten daraus machen.
Nun dachte aber der Naboth nicht im Traum daran, sein gutes Stück Familienerbe dem Herrn König zu überlassen, weder für Geld noch gute Worte.
Das hat seine Majestät so geärgert, daß er schmollte wie ein Schuljunge, der den Roller seines Brüderchens nicht kriegen kann. Er legte sich gekränkt ins Bett, drehte sein Gesicht zur Wand und sagte und aß gar nichts mehr.
Das wiederum kränkte seine Frau, die Königin Isebel. Wer hat schon gern einen Ehemann, der schmollend im Bett liegt und die Nahrungsaufnahme verweigert? Selbst wenn sie dem King sein Lieblingsessen (marinierten Hering mit Pellkartoffeln) ans Bett brachte, reagierte der bloß mit mürrischem Brummen.
Da zieht Frau Isebel — übrigens eine Ausländerin und eine Gottlose — andere Saiten auf. Erst quetscht sie

ihren Ollen so lange aus, bis der auspackt, warum er so grillig ist: »Der Naboth will mir seinen Weinberg nicht geben!«
Dann sagt sie: »Also Mann, wer ist denn nun hier der König, du oder dieser Traubenfritze? Na also — du bist doch hier der King, also iß und sei guter Laune, Isebelchen wird das Ding schon drehen. Ich werde dir den Weinberg dieses Naboth schon organisieren, das wäre ja gelacht!«
Und dann setzt sie sich gleich an den Schreibtisch, nimmt sich Ahabs Briefpapier mit seinem Briefkopf, schreibt einen Brief an die Herren vom Rat der Stadt, fälscht die Unterschrift des Königs, klebt sein Siegel drunter, und ab geht die Post.
Inhalt des Briefes: Sie sollen zwei Männer beschaffen, die den Naboth beschuldigen, er hätte Gott und den König gelästert, anschließend sofort Steinigung.
Befehl ist Befehl. Was vom König kommt, das wird gemacht, da haben die Herren von der Stadtverwaltung als gute Untertanen weiter keine Skrupel.

Ableben (mal eben)

Die beiden Strolche, die gegen den unschuldigen und ahnungslosen Naboth eine falsche Aussage machen, sind schnell gefunden. Anklage genügt, Verhör und Verteidigung fallen flach, Naboth wird auf der Stelle verurteilt und anschließend auf die Schnelle gesteinigt.
Kaum ist er tot, kann Frau Isebel mit Befriedigung ihrem Mann vom Ableben des Herrn Nachbarn berichten. Während sie ihm das Kopfkissen aufschüttelt, sagt sie so ganz nebenbei: »Stell dir vor, Männe, der alte Naboth, weißt du, der komische alte Kauz mit dem vergammelten Weinberg von nebenan, der ist plötzlich gestorben.«
Mit anderen Worten: »Bitte schön, mein lieber Ahab, die Sache ist geritzt, du kannst die Datsche in Besitz nehmen!« — »Aha«, sagt Ahab und haut ab ins Nachbar-

grundstück, um sich das Gelände mal näher anzusehen.
Seht ihr, so wird's gemacht! So schnell wird einer um die Ecke gebracht, so schnell wechselt etwas seinen Besitzer, so einfach ist das, wenn man die Macht hat.
Aber nun hat die Sache einen Haken, nämlich: Der Mensch, selbst wenn er König ist, kann nicht einfach machen, was er will. Denn über jedem Menschen, selbst wenn er König ist, steht noch einer, und das ist Gott. Und der achtet auf Recht und Gerechtigkeit und fordert Verantwortung von jedem Menschen, selbst wenn es ein König ist.

Ahabs erste und letzte Weinbergrunde

Was die Isebel betrifft, so habe ich schon erwähnt, daß die nicht an Gott glaubte. Sie hatte sich von zu Hause ihre selbstgemachten Götzen mitgebracht; die standen auf dem Regal zwischen der eingemachten Marmelade und der Tchibo-Dose, die waren dumm und stumm, die konnten ihr nicht ins Gewissen reden.
Aber der lebendige Gott ist erstens nicht so dumm, daß er sich von Menschen an der Nase herumführen läßt, und zweitens nicht so stumm, daß er zu allem Unrecht schweigt. Gott hat in dieser Welt seine Stimme — die Stimme seiner Prediger, in diesem Falle die Stimme des Propheten Elia.
In dem Augenblick, als der König seine erste Runde im neuen Weinberg dreht, hakt Gott ein. Er schickt den Elia los, der den König im Weinberg an Ort und Stelle stellt und ihm das Gericht Gottes über sein Haus und seine Nachkommenschaft ankündigt: »Du hast gemordet, du hast fremdes Land geraubt, für dieses Unrecht wird Gott dich strafen. Die Hunde und die Vögel sollen eure Leichen fressen.«
Der König Ahab bereut seine Sünde. Er tut Buße, und Gott beschließt daraufhin, den Ahab zu schonen und das Strafgericht erst nach seinem Tod an dessen Nach-

kommenschaft zu vollstrecken.
So weit die Geschichte aus dem Alten Testament. Und jetzt erzähle ich euch noch eine Geschichte aus dem Alten Dresden, also nicht mehr vom König Ahab, sondern vom König August dem Starken.

Wer Stunk macht, soll verduften

Nach der Reformation hatte der römische Katholizismus große Gebiete, die erst evangelisch waren, wieder zurückerobert, zum Beispiel Salzburg.
Nun war es damals offiziell so, wie es heute praktisch auch noch ist: Nach dem, was der Landesherr glaubt, hat sich der Glaube seiner Untertanen zu richten. Ist der König Katholik, werden die Bürger Katholiken. Ist der König Protestant, werden die Bürger Protestanten. Ist der Führer Nationalsozialist, werden die Bürger Nationalsozialisten usw . . .
Nun lebten damals in Salzburg Evangelische, die nicht im Traum daran dachten, mit der Regierung auch gleich ihre Konfession zu wechseln. Die wollten bei ihrem evangelischen Glauben bleiben, auch wenn der Landesvater noch so sehr wünschte, daß alle Bürger katholisch werden sollten.
Nun konnte man ja nicht ein paar tausend evangelische Salzburger, die nicht spurten, spurlos verschwinden lassen und einfach um die Ecke bringen. Das geht mit *einem* Mann wie dem widerspenstigen Naboth, aber nicht mit ganzen Gemeinden. Aber man konnte sie dazu bringen, daß sie den Ausreiseantrag stellten. Man konnte sie so unter Druck setzen, daß sie das Land verließen.
Also wurden 1731 durch den katholischen Erzbischof die lutherischen und reformierten Untertanen aus Salzburg vertrieben, aus dem Land ihrer Väter, aus ihrem Erbe rausgeschmissen, Hunderte sogar mitten im eiskalten Winter. Im ganzen verließen 22.000 Salzburger ihre Heimat.

Schnelles Geld mit langer Leitung

Im ganzen protestantischen Deutschland wurde damals für die durchziehenden Salzburger eine Kollekte gesammelt; besonders in Sachsen bestand eine enorme Opferwilligkeit für die verfolgten Glaubensgenossen. Noch das letzte erzgebirgische Dorf schickte seine Spende, und das großartige Gesamtergebnis der Sammlung in Sachsen war die gewaltige Summe von 28.366 Talern, 21 Groschen und 6 8/50 Pfennigen.

Die Sachsen hatten nicht nur viel, sondern auch schnell gesammelt. Leider hatte die Kirchenleitung bei der Weiterleitung des Geldes eine ziemlich lange Leitung. Sie arbeitete so langsam wie ein Schweizer, — man sagt ja den Schweizern nach, daß sie in ihren Reaktionen etwas verzögert sind.

Zum Beispiel war da mal ein Hotelbesitzer in Österreich, der schickte alle seine Angestellten los zum Schneckensammeln. Unter den Angestellten war auch ein Schweizer. Er war der einzige, der am Abend keine einzige Schnecke mitbrachte.

Der Hotelbesitzer knöpft ihn sich vor und tobt: »Alle anderen haben ihr Töpfchen voll, bloß Sie nicht — warum denn nicht? Haben Sie keine Schnecken gesehen?« — »Doch, es war alles überall voll Schnecken.« — »Na und, warum haben Sie keine gebracht?« — »Na, immer wenn ich mich nach so einer Schnecke gebückt hab' und sie greifen wollte, da war sie mir schon wieder fortgeschlüpft.«

So ging's der sächsischen Kirchenleitung. Als sie das Geld den langsam zu Fuß durch Sachsen marschierenden Salzburgern geben wollte, waren die schon längst über die Grenze fortgeschlüpft.

Nunmehr beschloß das Konsistorium in seiner unendlichen Weisheit, das Geld alsbaldigst an die richtige Adresse hinterherzuschicken. Aber auch das geschah nicht; volle acht Wochen nach diesem Beschluß war das

Geld immer noch da, bei der Kirchenleitung in Dresden.

Was nicht ist, kann man ja klauen

Nun war es so, daß damals in Dresden gerade eine riesenhafte Kirche gebaut wurde. Nicht, daß die dort keine Kirche gehabt hätten. Kirchen hatten die genug, aber der König August der Starke wollte eben unbedingt noch eine haben, und die sollte natürlich die schönste und vor allem die größte Kirche von Dresden werden, fast so wie der Petersdom in Rom, und so nannte man sie auch den »Dresdner Petersdom«.
Offiziell hieß dieser Pracht-, Prunk- und Protzbau ganz anders, nämlich: Frauenkirche. Für viele von euch ist die Frauenkirche sicher ein Begriff. Sie wurde beim Angriff auf Dresden zerstört, und ihre Ruine steht heute noch im Zentrum als Mahnmal an den 13. Februar 1945. Bis dahin war sie ein Wahrzeichen der Stadt und bestimmte ihre Silhouette.
Ich bin oft als Kind an dieser Kirche vorbeigegangen. Und jedesmal, wenn wir das riesige Bauwerk bestaunten, sagte mein Vater zu uns: »Diese Kirche ist mit gestohlenem Geld gebaut worden.«
Das konnte ich mir als kleiner Junge überhaupt nicht vorstellen. Eine Kirche, ein Gotteshaus, mit gestohlenem Geld gebaut — wie sollte das gemacht worden sein? Na, nach der Methode »Naboths Weinberg«!
Der König hatte das unstillbare Verlangen nach einer großen Kirche, hatte aber leider nicht genug Geld. Trotzdem mußte natürlich gebaut werden. Als der Bau halb fertig war, starb der König. Sein Nachfolger hatte erst recht kein Geld, und so war der Bau der Dresdner Frauenkirche wegen Geldmangels ins Stocken geraten — die Kuppel, die Krönung, fehlte noch.
In dieser Situation kam die Kollekte für die Salzburger gerade im richtigen Moment. Das war genau das Sümmchen, das man noch brauchte, um den Bau zu voll-

enden. Die Dresdner Frauenkirche stand da wie ein Faß ohne Deckel, und um dem Faß die Krone aufzusetzen, wurde die Kuppel mit dem für die Salzburger gesammelten Geld gebaut.

Wer sich wehrt, lebt verkehrt . . . ?

Niemand weiß, ob König August III. auf diese Idee gekommen ist oder ob ihm das irgendeine sächsische Isebel eingeflüstert hat. Jedenfalls erhielt das Konsistorium im Juni 1733 von seiner Majestät folgenden Brief:
»Nachdem die salzburgischen Emigranten von denen Puissancen, von welchen sie aufgenommen, bereits mit benötigtem Unterhalt versehen worden, so sind wir von den gesamten Kollektengeldern nichts an andere Orte abfolgen, sondern die völlige Summe der auf 28.366 Taler, 21 Groschen, 6 8/50 Pfennige angegebenen Kollektengelder zur Fortsetzung des hiesigen Frauenkirchenbaues verwenden zu lassen entschlossen. Begehren demnächst gnädigst, Ihr wollet des Verfügung tun, daß sotane gesamte Gelder nebst denen, so annoch einzusenden rückständig sein möchten, nach Abzug des Vorschusses dem Rate allhier gegen dessen Quittung zu desto besserer Fortsetzung und Verführung des Frauenkirchenbaues abgefolget werden.«
Ihr habt das jetzt vielleicht im einzelnen gar nicht alles verstanden, weil so ein König eben eine königliche, vornehme Ausdrucksweise hat. Auf gut deutsch lautet der Inhalt des Briefes: Das Geld wird den Salzburgern geklaut und davon die Kirche gebaut.
Natürlich waren die Gemüter über diesen königlichen Befehl erst mal aufgescheucht, beruhigten sich aber bald, weil man sich sagte: Die Obrigkeit kann anordnen, was sie will — wer ist hier eigentlich König? —, der Untertan hat der Obrigkeit zu gehorchen, sintemalen die Obrigkeit von Gott verordnet ist.
Dieser unbiblische, unkritische Untertanengeist hat in der Kirche lange geherrscht und vor den jeweiligen

Herrschern gekatzbuckelt. Aber diese Zeiten sind vorbei, jedenfalls bei uns. Die evangelischen Kirchen in der DDR lehnen es ab, daß der Mensch zum Objekt von Direktiven gemacht wird. Die Synode in Dessau (das ist die, bei der das West-Fernsehen nicht zugelassen wurde) hat im letzten September deshalb festgestellt:

»Wenn Jugendliche sich immer wieder als Objekt von Anweisungen, Richtlinien und Direktiven erleben, können sie nur schwer in gesellschaftliche Verantwortung hineinwachsen und sich als Partner angenommen fühlen. Schon im Kindes- und Jugendalter wie in allen Bereichen der Ausbildung ist der Dialog einzuüben . . .

Reisemöglichkeiten sind eine wichtige Voraussetzung für den Dialog zwischen Menschen verschiedener Staaten. Die Synode hält es für an der Zeit, daß alle Bürger unseres Landes reisen können, unabhängig von bestehenden Verwandtschaftsverhältnissen, und auch die Kinder von Reisemöglichkeiten nicht ausgeschlossen bleiben . . . «

Landesbischof Dr. Leich hat auf der Synode gefordert:

»Wir brauchen eine Gesellschaft, die im täglichen Erleben ein menschliches Angesicht hat.«

So weit die Stimme der evangelischen Kirchen in der DDR im Jahre 1988.

Bums, da fiel die Kirche um

Damals, im Jahre 1733, hatte die Kirche nicht den Mut zu einer so offenen Sprache. Die Kirchenleitung gehorchte. Aber nicht alle Untertanen des sächsischen Königs waren feige, gewissenlose Memmen, die das Geld, das für die armen Salzburger gesammelt worden war, für einen kirchlichen Prunkbau hergeben wollten.

Es gab einige mutige Männer, die mit der Zweckentfremdung der Kollekte nicht einverstanden waren und das auch sagten.

Zu diesen Männern, die dem König zu widersprechen wagten, gehörte auch der damalige Superintendent von Dresden, Valentin Ernst Löscher, der unter dem Namen »der Prophet von Kursachsen« in die Geschichte eingegangen ist.
Der war damals die Stimme Gottes, und unter seiner Leitung erhob die lutherische Behörde Einspruch, aber erfolglos. Das gesamte Geld mußte sofort an den Rat der Stadt Dresden zwecks Kuppelbau der Frauenkirche abgeliefert werden.
Die Salzburger haben von der ganzen Kollekte nicht einen halben Pfennig bekommen, und die Öffentlichkeit wurde mit keiner Silbe darüber informiert, wozu die Kollekte verwendet worden war. Die guten Sachsen lebten in dem guten Glauben, ihr vieles Geld wäre den Salzburgern gegeben worden, und hatten keine Ahnung, daß damit die Kuppel der Frauenkirche bezahlt wurde.
Wenn der Superintendent Löscher die gewaltige Kuppel sah, dann war es ihm immer, so schreibt sein Biograph, »als wenn diese Steine nach Sühne schrien«.
Die Sühne ist dann an den Nachkommen vollstreckt worden. Zweihundert Jahre lang hat Gott gewartet, aber am 13. Februar 1945 war es soweit. Bei dem Angriff auf Dresden stürzte die Frauenkirche wie ein Kartenhaus zusammen.
Von einem Augenzeugen weiß ich, daß sie wie von einem einzigen Schlag getroffen in sich zusammengesackt ist. Die Kuppel dieser Kirche, die mit gestohlenem Geld gebaut worden war, durch Betrug, Lüge, Unrecht und Untreue; dieser fette Dom der Sünde und Gottlosigkeit verschwand von der Bildfläche, und bei dieser Gelegenheit kippte auch gleich das Standbild von Martin Luther, das vor der Kirche aufgestellt worden war, mit um und fiel auf die Nase.
Die Kirche war fertiggebaut worden mit dem Geld, das bestimmt war für die Salzburger, die wegen ihrer Treue

zum lutherischen Bekenntnis aus ihrer Heimat vertrieben wurden. Vor *dieser* Kirche eine Statue von Martin Luther aufzustellen war geradezu ein Hohn, aber Gott läßt sich nicht spotten.

Teuer, teurer, zum Teufel

In dem Sturz der Kuppel und Statue sehe ich ein Gericht Gottes, und ich erzähle euch diese alten Geschichten, weil euch allen das Gericht Gottes noch bevorsteht.
Gott wird dich einmal fragen, wie du mit deinem Geld, deinem Nächsten, deinem Besitz und deinem Leben umgegangen bist. Gott wird dich fragen, wie du dein Leben gebaut hast. Bist du sicher, daß du da nichts Unrechtes eingebaut hast? Wirst du einmal vor Gott bestehen können, oder wird das Haus deines Lebens am Schluß zusammenfallen?
Ich habe euch heute zwei alte Geschichten von zwei Königen erzählt. Aber denke nicht, das geht dich nichts an, weil du kein König bist. Das bist du wirklich nicht, aber du benimmst dich manchmal so, als ob du der King wärst.
Sicher, du interessierst dich nicht für Weinberge und die Frauenkirche, aber für andere Frauen, andere Männer, Autoersatzteile, fremdes Eigentum — z.B. Staatseigentum —, um es für deine privaten Zwecke zu benutzen.
Was hast du schon alles mitgenommen? Wie oft hast du feige den Mund gehalten? Wem hast du gegen deine Überzeugung und dein Gewissen gehorcht? Wo hast du überall mitgemacht? In welchen faulen Geschichten hängst du mit drin? Was steckt in der Geschichte deines Lebens alles mit drin?
Unser Leben ist wie ein Gang durch die Kaufhalle. Du startest als unbeschriebenes Blatt mit deinem Körbchen und gehst los. Du nimmst da was mit und da was, du erhältst von allen Seiten Angebote, und du versuchst natürlich, soviel als möglich mitzunehmen.

Egal, wieviel du mitnimmst — am Schluß stehst du an der Kasse. Da heißt es: herzeigen, was drin ist, auspacken. Egal, wie lange du durchs Leben gehst, egal, wieviel du mitgenommen hast — am Schluß stehst du an der Kasse, vor Gottes Gericht, wo die Rechnung deines Lebens gemacht wird. Und Gott sagt zu dir: »Pack mal aus, was du zusammengelebt hast!«
Da kommt dann alles raus. Auch das, was du ganz unten versteckt hast, was du verdrängt hast, was du vergessen hast oder vergessen wolltest, was überhaupt nicht in dein Leben reingehört: fremdes Eigentum, fremde Geschlechtspartner, alles, was du unrechtmäßig mitgenommen hast.
Und Gott wird zu dir sagen: »Mit dem ganzen Gelumpe, das du da mit dir rumschleppst, kannst du nicht in mein Reich.« Du, wenn Gott das mal zu dir sagen müßte, hättest du dein Leben falsch gelebt!
Gott möchte das aber nicht zu dir sagen müssen. Gott möchte nicht, daß du am Schluß zum Teufel gehst, Gott möchte dich in seinem Reich dabei haben. Deshalb bietet er dir *jetzt* die Vergebung deiner Schuld an, damit du *dann* nicht zusammenklappst.
Gib das, was in deinem Leben falsch ist, an Jesus ab. Schleppe deine alten Sünden nicht länger und nicht bis zum bitteren Ende mit dir herum. Gib sie ab an Jesus, rück sie raus, sprich sie aus, pack heute aus, was nicht in dein Leben hineingehört, damit du in Gottes Reich reinkannst.

Mit Lydia ging es schnell

Apostelgeschichte 16,6-15

Mir ist *auf*gefallen, daß der Pater Tomas meistens zum Muttertag bei uns ist.
Mir ist *ein*gefallen, daß er ganz am Anfang sogar mal seine Mutter mit hierher geschleppt hat.
Mir hat *gut* gefallen, daß er meistens etwas zum Thema Muttertag gesagt hat.
Und da hab' ich mir gesagt: Wirst du auch mal was dazu sagen. Ich weiß zwar nicht, wer den Muttertag erfunden hat, aber ich finde, wir können dankbar sein für diese Mütter, die uns zur Welt gebracht haben.
Die Mutter ist unser Ursprung. Von da kommen wir her. In ihr hat unser Leben angefangen. Ich möchte aber nicht über die Mutter sprechen, der wir unser *leibliches* Leben verdanken. Sondern über die Mutter, der wir unser *geistliches* Leben verdanken. Denn wir haben ja alle auch eine gemeinsame Mutter — das ist die Kirche. Die Kirche, so sagen wir Christen, ist unsere Mutter. In ihr hat unser geistliches Leben angefangen. Aber die Frage ist: Wie hat das eigentlich mit der Kirche angefangen? Wo kommt die denn her? Irgendwann muß die doch auch mal entstanden sein.
Das will ich euch heute erzählen: woher die Kirche, und zwar die Kirche in Europa, kommt. Europa war ja ein heidnisches Land. Und die Geschichte von Jesus hat sich nicht in Europa, sondern in Palästina abgespielt. Jesus war Jude, seine Jünger waren Juden, sein wichtigster Missionar, der Paulus, war Jude, und er war es, der den Christenglauben nach Europa gebracht hat.

Halt's Maul, Paul

Paulus marschierte pausenlos von Stadt zu Stadt, von Land zu Land und predigte. Und eines Tages, als er mit

seinem Freund Silas durch Kleinasien fußt, das ist die heutige Türkei, bekommt er Predigtverbot. Aber nicht von der Polizei, sondern vom Heiligen Geist.
»Da wurde ihnen«, so lesen wir in der Apostelgeschichte 16,6, »da wurde ihnen vom Heiligen Geist verwehrt, in der Landschaft Asien das Wort zu reden.«
Wenn ich so was lese — »da wurde ihnen vom Heiligen Geist verwehrt . . . « —, da frage ich mich: Wie macht denn das der Heilige Geist? Wie merkt man denn den Heiligen Geist? Ganz bestimmt hat der Paulus keine Stimme vom Himmel gehört: »Lieber Paul, halt dein Maul, denn es ist Gottes Wille, in Asien biste stille.« Es steht überhaupt nicht hier, wie der Paulus das mitgekriegt hat, was Gott von ihm will. Also ist die Frage: Wie erfährt man Gottes Willen?
Die Grundvoraussetzung dazu ist: Du erfährst Gottes Willen, wenn du bereit bist, Gottes Willen zu tun. Wenn du bereit bist, Gott zu gehorchen, wird Gott dir seinen Willen offenbaren. Dazu benutzt er äußere Umstände und innere Zustände, z.B. verschlossene Türen, innere Unruhe. Er hat tausend Möglichkeiten, dir seinen Willen klarzumachen.
Wie er das macht, das laß mal seine Sorge sein. Von dir wird nur eines erwartet: Bereitschaft zum Gehorsam. Das heißt erstens: der feste Glaube, daß Gott in dein Leben eingreift und zu dir *spricht*; zweitens: die feste Bereitschaft, auch für das offen zu sein, was deinen Plänen *widerspricht.*
Diese Voraussetzung war bei Paulus erfüllt. Er war bereit, Gott unter allen Umständen zu gehorchen, auch wenn er ihn nicht verstand, und er verstand ihn überhaupt nicht. Denn selbstverständlich hatte Paulus bestimmte Vorstellungen von seinem Leben und seinem Dienst. Er war ein großer Stratege. Er hatte große Pläne. Er hatte vor, ganz Asien zu missionieren. Und zack, kriegt er plötzlich Redeverbot.

Erst mal eine Runde pennen

»Okay, Herr, wenn du meinst«, sagt er und marschiert daraufhin nach Norden, Richtung Küstengebiet vom Schwarzen Meer. Dort sind berühmte Städte wie Byzanz. Vermutlich, so kombiniert er, hat Gott zum Prediger in dieser Metropole den Paule ausersehen.

Er macht unterwegs schon fleißig Stimmübungen. Er sieht sich im Geist schon in der weltberühmten Großstadt auf dem Marktplatz stehen und zu Tausenden sprechen — da zeigt ihm Jesus wieder die rote Karte. Vers 7: »Der Geist Jesu ließ es ihnen nicht zu.«

Paulus und Silas sind ratlos. »Herr, was willst du denn eigentlich? Wo sollen wir denn jetzt hin? Wenn du dir schon die Chance entgehen läßt, uns in Byzanz auftreten zu lassen, dann laß uns wenigstens wissen, wo wir sonst hingehen sollen.« Keine Antwort.

Es bleibt ihnen nichts anderes übrig, als ein schiefes Gesicht und an Byzanz vorbeizuziehen, scharfe Linkskurve. Vers 8: »Da zogen sie an Mysien vorüber und kamen hinab nach Troas.«

Troas, das sagenumwobene Troja, liegt unten an der Meeresküste, wo jeder Weg aufhört, wo das Land aufhört, und da hört für Paulus der Spaß auf. Er sieht kein Land mehr. Er versteht Gott nicht mehr. Er ist am Ende. Seine Strategie, die Türkei zu missionieren, ist im Eimer. Sein Traum, in der Großstadt zu predigen, ist ausgeträumt. Sein Plan, Großes für Gott zu tun, zerrinnt ihm wie der Sand, der ihm durch die Finger rinnt. Paulus sitzt mit Silas am Strand, spielt mit Muscheln und weiß nicht mehr weiter.

In so einer Situation ist es das beste, erst mal eine Runde zu schlafen. Die beiden Strategen hauen sich unter den nächsten Ginsterbusch und versinken nach ihrer langen Wanderung in einen tiefen Schlaf. Und da, als Paulus endlich stille ist, nichts mehr weiß und nichts mehr fragt, da fängt Gott an, mit ihm zu reden, und zwar

durch einen Traum.
Erst hört er eine Stimme wie Udo Jürgens und Gitarrenklänge: »Griechischer Wein ... «, und dann sieht er einen Mann. Er weiß sofort: das ist ein Grieche, oder, wie man damals sagte: ein Mazedonier. Paulus, der Fußgänger, träumt von keinem Mazda, sondern von einem Mazedonier. Vers 9: »Da war ein Mann aus Mazedonien, der stand da und bat ihn und sprach: Komm herüber nach Mazedonien und hilf uns.«

Let's go west!

Paulus schlägt die Augen auf und anschließend dem schlafenden Silas aufs Kreuz, daß er hochfährt und denkt, sein letztes Stündlein hat geschlagen. Und während sich Silas noch die Augen reibt, erzählt ihm Paulus seinen Traum. Und dann beraten sie: Ist das ein Traum, den wir vergessen können, oder ist das ein Ruf Gottes, dem wir folgen müssen? Es ist etwas Herrliches, wenn man nicht allein ist, sondern einen Bruder dabei hat, mit dem man reden und beten kann.
Wenn ich zu Jugendwochen bin, bin ich nie allein. Ich habe immer einen Bruder mit, meistens den Wolfgang oder den Jörg.
Im Januar war ich mit Jörg zu einer Woche, da war der Teufel los, da sind Dinge passiert, die wir ganz schwer verkraften konnten. Wir haben abends stundenlang darüber geredet, darüber gebetet, dann das Licht ausgemacht, gute Nacht, aber keiner konnte einschlafen. Nach einer Weile, es war inzwischen schon halb zwei, hab' ich mich in meinem Bett aufgesetzt, da sah ich, daß der Jörg bereits auch wieder saß, und da haben wir weiter geredet. Wie gesagt, es ist ein Segen, wenn man in schwierigen Situationen seinen Kumpel bei sich hat.
Als Paulus und Silas nachts um halb zwei aufrecht unter ihrem Ginsterbusch sitzen und über den Traum reden und beten, wird ihnen klar: Das ist ein Ruf Gottes.
Es geht ihnen in diesem Moment so wie euch jetzt: Sie

haben im Moment keine Landkarte dabei, aber sie versuchen fieberhaft, sich die Landkarte vorzustellen, also: Sie sitzen an der Küste vom Mittelmeer, fast an der äußersten Spitze von der Türkei, könnt ihr euch vorstellen? Hier ist Troja, und genau gegenüber ist Mazedonien, also Griechenland, also Europa. Es ist nur ein Katzensprung übers Mittelmeer auf den anderen Kontinent.
Und da wird ihnen klar: Gott hat uns hierher geführt, damit wir dorthin fahren! Dort wohnen ja auch noch Menschen, die Jesus kennenlernen müssen. Vers 10: »Wir wurden gewiß, daß uns Gott dahin berufen hatte, ihnen das Evangelium zu predigen.«
Auf der Stelle fahren sie in ihre Sandalen, die sie zum Auslüften an den nächsten Baum gehängt hatten, und auf geht's mit dem nächsten Schiff, ab ins Abendland. Und das ist der große Sprung des Christentums: vom Morgenland zum Abendland, vom Osten zum Westen. Jetzt heißt die Losung: Let's go west.

Was? Bloß Frauen?

Nach wenigen Tagen betreten die Boten von Jesus den Boden von Europa. Sie kommen nach Philippi, der Hauptstadt jener Gegend von Griechenland.
Als erstes ist eine Stadtrundfahrt angesagt. Sie suchen überall nach einer Synagoge, einem jüdischen Gotteshaus, ist aber keins zu finden. Am nächsten Feiertag gehen sie zwei Kilometer raus aus der Stadt ans Flußufer, weil sie vermuten, daß sich die Juden dort zum Gottesdienst treffen. Aber auch dort findet keine Versammlung statt. Kein Rednerpult ist für Paulus aufgestellt. Keine Hörermenge erwartet seine Predigt. Die einzigen, die am Flußufer rumschnattern, sind Möwen und Flugenten — und ein paar Frauen.
Es sind Frauen jüdischen Glaubens, die zusammen beten wollen, das ist natürlich gut und schön, aber nicht ganz das, was Paulus sich vorgestellt hatte. Weit und breit kein Mann in Sicht. Und als Paulus die paar Frauen

sieht, da fragt er sich nun doch, ob er hier an der richtigen Stelle ist.
Da hatte ihm Gott in den großen Landschaften Kleinasiens das Predigen verboten. Er hatte ihm den Weg zu dichtbesiedelten Großstädten versperrt. Er hatte ihn Hunderte von Kilometern durch die Gegend gescheucht. Er hatte ihn durch einen Traum nach Europa geführt — und die ganze göttliche Action bloß deshalb, um am Schluß eine Bibelstunde für paar Frauen zu halten?
Paulus hatte sich vorgestellt, er sollte für Jesus einen neuen Kontinent gewinnen, und jetzt stellt sich heraus, er soll das Damenkränzchen von Philippi unterhalten — das darf doch nicht wahr sein!
Ich kann meinen Kollegen Paulus gut verstehen. Wenn ich bei Jugendwochen zur Entscheidung für Jesus aufrufe, habe ich manchmal gebetet: »Herr, du sollst auch die Starken zum Raube haben, greif dir heute mal ein paar Jungs, gib, daß sich mal ein paar junge Männer bekehren.« Und wer bekehrt sich? Ein paar kleine Mädchen.

Die Lady duftet aber

Ich weiß inzwischen, wie falsch diese Einstellung ist, und der Paulus wußte es eine halbe Stunde später auch. Denn eine von diesen Frauen war ein auserwähltes Werkzeug Gottes, mit der er seine Kirche in Europa anfangen wollte.
Das war die mit dem *Schlitz im Kleid*. So was hatte Paule noch nie gesehen. Die sah so irre aus, daß sie niemals von VEB Strickmoden angestellt worden wäre. Schon die Farbe von dem Kleid: knallrot, passend zur Haarfarbe. Die hatte Haare, die waren noch röter als die von Frau Gorbatschow. Und die ist eigentlich schon rot genug. Dazu Ohrringe wie Wagenräder, alles schweineteuer und letzter Schrei.
Und wie die *roch*! Selbst ein Provinzler wie Paulus

konnte zwei Kilometer gegen den Wind riechen, daß die ihr Parfüm nicht in der Konsum-Drogerie, sondern im »Exquisit« kaufte.

Und dann kam raus: Die kaufte nicht nur im »Ex« — die war die *Chefin* vom »Ex«! Die handelte mit kostbaren Purpurstoffen. Ein Pfund mit Import-Purpur gefärbte Wolle kostete 500 Eier, echte Exquisit-Preise. Nix für Arbeiter, Proletarier, Schichtarbeiterinnen. In ihrem Modesalon verkehrten nur die oberen Zehntausend, ihre Modelle konnten sich nur die Reichen leisten. Und demzufolge war sie selber reich.

Lydia, so hieß die Lady, war eine Dame von Welt und schwamm mächtig in Geld. Sie hatte alles, vom Swimmingpool bis zum Schaukelstuhl, ihr fehlte nur eins: Frieden mit Gott.

Das kenn' ich vom Weghören

Frieden mit Gott kann man für kein Geld in der Welt kaufen. Vergebung der Sünden ist für alles Geld der Welt nicht zu haben. Lydia suchte für ihr Leben mehr als materiellen Reichtum. Sie suchte nach Gott.

Das ist das erste, was wir von ihr erfahren. Sie wird hier — Vers 14 — ausdrücklich eine gottesfürchtige Frau genannt. Das heißt: sie, als Heidin, hielt sich zur jüdischen Gemeinde, um dort etwas über Gott zu erfahren.

Und als nun Paulus und Silas auftauchten und sagten, sie brächten die allerneuesten Nachrichten von Gott, da klingelt's bei ihr. Da wird sie munter. Da hört sie zu. Und das ist das zweite, was die Bibel von ihr feststellt: Sie hörte zu.

Damit fängt es immer an. Daß ein Mensch zuhört. Sie hätte ja auch weghören können, so wie das Millionen Menschen in Europa und in der DDR machen, die sich geflissentlich außer Hörweite Gottes begeben, grundsätzlich keine Kirche betreten, keine Predigt anhören, keine Bibel lesen.

Es hat ja mal eine Zeit gegeben, da nannte man Europa

»das christliche Abendland«. Heute muß man das *anti*-christliche Abendland sagen, denn von »christlich« kann ja kaum noch die Rede sein.

Vom sogenannten christlichen Abendland gingen zwei Weltkriege aus, hier entstand der Atheismus, hier feierte der Antisemitismus Orgien, und heute fragen viele junge Menschen: Wie war das möglich, daß in der Nazizeit die damalige Generation zu Millionen Morden an Juden, Zigeunern und anderen Völkern geschwiegen hat — trotz Christentum und Kirche?

Alle, die so fragen, die frage ich: Und warum schweigt ihr zu der Tötung von Kindern in unserem Land? Jeden Tag werden in unseren Kliniken ungeborene Kinder vom Mutterleib in die Mülltonne geschmissen. Die offizielle Zahl der sogenannten Schwangerschaftsabbrüche, also der Tötung ungeborener Kinder, ist für die DDR pro Jahr 80.000.

Ihr habt diese Zahl genauso wie ich in der Frauenzeitschrift »für dich« lesen können. Ihr wißt das alle. Ihr seid informiert. Wo bleibt euer Protest? Was unternehmt ihr dagegen?

Hört bitte auf, die Generation der Nazizeit zu kritisieren, weil die geschwiegen hat, denn wer damals den Mund aufmachte, riskierte sein Leben. Und was riskiert ihr, wenn ihr euch gegen die Abtreibung äußert? Im äußersten Fall eure Bequemlichkeit. Ihr schweigt. Oder — was noch schlimmer ist — ihr seid mit der Abtreibung einverstanden, oder — was das Allerschlimmste ist — ihr treibt selber ab.

Mir hat mal jemand gesagt, ich solle nicht in jeder dritten Predigt das Thema Abtreibung bringen, das hinge euch schon zum Halse raus. Na schönen Dank auch! Das ist so, wie wenn in der Nazizeit eine Gemeinde zu ihrem Pfarrer gesagt hätte: »Erwähnen Sie doch nicht in jeder dritten Predigt die Judenverfolgung, das hängt uns schon zum Halse raus.«

Mir hängt's auch zum Halse raus, das könnt ihr mir

glauben, aber ich würde ersticken, wenn ich schweigen würde.
Wie kommt es überhaupt zu diesem allgemeinen Schweigen? Weil die Menschen nicht mehr auf *Gott* hören wollen. Gott hat gesagt: »Du sollst nicht töten«, und davor halten sie sich die Ohren zu. Wer sich die Ohren vor Gott zuhält, hält schließlich auch seinen Mund vor den Menschen.
Unser Land, unser Kontinent, unsere ganze Welt braucht Männer und Frauen wie die Lydia, Menschen, die bereit sind, auf Gott zu hören.

Gott nimmt uns wunder

Lydia, so heißt es hier, »hörte zu«, und dann kommt jener geheimnisvolle Vorgang der Bekehrung, den man nur so beschreiben kann, wie es die Bibel hier tut: »Lydia hörte zu. Dieser tat der Herr das Herz auf, daß sie darauf achtete, was Paulus redete.«
Wir haben vorhin gesungen: »Daß ein Mensch die Umkehr schafft, wirkt Gottes Kraft.« Das ist hier gemeint mit dem Satz: »Da tat ihr der Herr das Herz auf.«
Daß du dich bekehrst, daß Gottes Wort in deinem Herzen starke Wurzeln schlägt — das ist ein Wunder, das Gott tut. Das einzige, was ich tun kann, ist: zu dir sprechen. Und ich bringe dir die beste Nachricht der Welt, die gleiche gute Nachricht, die Paulus damals am Flußufer bei Philippi der Lydia gesagt hat.
Diese Nachricht heißt: Jesus, der Sohn Gottes, ist am Kreuz für deine Sünden gestorben, stellvertretend für dich, an deiner Stelle. Er hat die Strafe für deine Schuld auf sich genommen — für dein Schweigen, für dein Lügen, für dein Rumtreiben, Abtreiben, Übertreiben, Hintertreiben.
Wenn du das glaubst, wenn du dir von Jesus deine Schuld vergeben läßt, dann bist du Gott recht, dann hast du Frieden mit Gott.
Frieden mit Gott — das ist die beste Nachricht für eine

Welt, in der jeder mit jedem im Krieg lebt: Volk mit Volk, Generation mit Generation, die Reichen mit den Armen, die Männer mit den Frauen. Überall ist Krach, überall kann Friede sein, wo die Menschen Gottes Friedensangebot annehmen.
Hast du Frieden mit Gott? Du kannst ihn haben. Heute abend, auf der Stelle, wenn du dich für Jesus entscheidest.

So schnell kann's gehen

Lydia hat sich auf der Stelle für Jesus entschieden. Das ist das dritte, was wir von ihr erfahren. Sie hat ihre Antwort nicht verweigert, sie hat ihre Bekehrung nicht verschoben, sondern sie hat Jesus sofort in ihr Leben aufgenommen.
Ich sage nicht, daß es bei jedem so schnell gehen muß wie bei der Lydia, ich sage nur: So schnell *kann* es gehen. Jedenfalls ist es bei der Lydia so schnell gegangen. Und ich will schnell noch sagen, wie es mit ihr weitergegangen ist. Sie hat sich anschließend taufen lassen, und dann hat sie aus ihrer Taufe und Bekehrung die Konsequenzen gezogen: Sie hat Paulus und Silas, den beiden obdachlosen ausländischen Gastpredigern, ihr Haus zur Verfügung gestellt.
Ein Bett, eine Dusche, ein Klo, das sind die drei Dinge, die ein reisender Evangelist braucht. Einen echten Christen erkennt man nicht an seinen Reden, sondern an seinen Taten, und Gastfreundschaft ist ein spezielles Kennzeichen des Glaubens.
Lydia öffnete erst ihr Herz, dann ihr Haus. So wurde das erste Modehaus von Philippi das erste Gemeindehaus von Europa und die Boutique-Besitzerin Lydia die erste Christin Europas.
Mit *ihr* hat die Kirche auf unserem Kontinent angefangen, und mit *dir* geht es heute weiter, wenn du mit Jesus anfängst. Lydia hatte bis dahin den Namen Jesus noch nie gehört. Und falls du heute abend zum ersten

Mal in der Kirche bist, zum ersten Mal von Jesus hörst, zum ersten Mal vor der Frage stehst, ob du Christ werden sollst, dann rate ich dir: Mach es wie die Lydia, diese *entschiedene* Frau. Entscheide dich heute!

Nimm dein Haar aus der Suppe

Johannes 20, 19-30

Zum 100. Geburtstag von Lenin hat Leonid Breschnew gesagt: »Lenin lebte, Lenin lebt, Lenin wird leben!«
Damit hat er gemeint: Es lebe die geschichtliche Bewegung, die Lenin geformt hat. Seine Ideen sind wirksam. Die Sache Lenins geht weiter. Sein Werk lebt. Nur in diesem Sinne hat der Satz »Lenin lebt« einen Sinn. Denn ansonsten weiß ja jeder, daß Lenin in Wirklichkeit schon lange tot ist.
Kein Mensch meint, daß Lenin wirklich lebt. Im Gegenteil, als größte Sehenswürdigkeit Moskaus wird auf dem Roten Platz der mausetote Lenin in seinem Mausoleum gezeigt. Der Satz »Lenin lebt« ist also nicht wörtlich, sondern symbolisch gemeint.
Nun laufen heute überall, z.B. in dieser Kirche, Leute rum, die haben so ein kleines rotes Abzeichen, da steht drauf: »Jesus lebt«. Das ist nun aber nicht symbolisch, sondern das ist wörtlich gemeint.
Jesus, der öffentlich im Beisein von Zeugen am Kreuz gestorben ist, wurde begraben und ist drei Tage später auferstanden. Er ist aus seinem Grab rausgekommen. Er ist zu seinen Jüngern gekommen, er hat mit ihnen geredet — Jesus lebt!

Jesus — die totale Pleite

Diese Behauptung halten viele natürlich für den letzten Husten. Die ersten, die das als frommen Huckauf abtaten, waren die Jünger, die engsten Freunde von Jesus. Von Hause aus waren das Fischer. Die kannten nichts weiter als Fische: Flunder — Makrele — Hering, Hering — Makrele — Flunder.

Dann lernten sie Jesus kennen und zogen mit ihm auf die große Reise — drei Jahre lang kreuz und quer durch Palästina, am Schluß im Triumphmarsch Einzug in Jerusalem. Die Bevölkerung bildet Spalier, schreit »Hosianna« und feiert Jesus als den King. Aber nach diesem Höhepunkt geht es mit rasender Geschwindigkeit bergab.

Jesus wird verhaftet, gefesselt, gepeitscht, verurteilt, und ehe die Jünger begreifen, was eigentlich los ist, ist Jesus gekreuzigt, gestorben und begraben. Schluß, aus, alles vorbei, die Jesusbewegung ist geplatzt — Jesus ist tot.

Drei Tage lang sind die Jünger wie vor den Kopf geschlagen. Alles im Eimer, und um das Maß vollzumachen, ist am Schluß sogar noch die Leiche von Jesus verschwunden. Ein paar Frauen waren zu seinem Grab gegangen, aber das Grab war leer. Die Frauen hatten dann was gefaselt von Engeln, die ihnen gesagt hätten, Jesus wäre gar nicht tot, sondern auferstanden, aber das hielten die Jünger für ein Märchen.

Mit einem letzten Rest von Hoffnung waren sie selber beim Grab, aber da war nix mehr zu machen: Das Grab war leer, kein Jesus zu sehen, weder ein toter noch ein lebendiger. Der Jesus, von dem sie so viel erwartet hatten, war eine schwere Enttäuschung.

Die Pleite war wirklich komplett. Und dazu kam die Angst, selber verhaftet zu werden. Denn nachdem man den Anführer umgebracht hatte, war damit zu rechnen, daß auch die Anhänger liquidiert, inhaftiert, interniert oder, wie man heute sagt, isoliert würden. Also: Licht aus, Türen zu, Fenster dicht!

Thomas hat Haarprobleme

Die Jünger hocken am Abend hinter verschlossenen Türen. Sie haben Angst. Da — Johannes 20,19f — »kam Jesus und trat in ihre Mitte und sagte: Friede sei mit euch! Und als er das gesagt hatte, zeigte er ihnen die Hände und seine Seite. Da wurden die Jünger froh, daß sie den Herrn sahen.«

Einer der Jünger war an diesem Abend nicht dabei. Das war der Thomas. Der hatte Jesus ganz besonders geliebt. Deshalb hatte ihn sein Tod ganz besonders getroffen.

Er war restlos zusammengebrochen und hatte sich irgendwohin verkrochen. Er wollte keinen mehr sehen, mit keinem reden, auch nicht mit den Kumpels. Er war einfach fertig. Außerdem war er ein Pessimist.

Ihr wißt ja, es gibt Menschen, die sehen alles von der negativen Seite und finden überall ein Haar in der Suppe. Manche finden bloß deshalb ein Haar in jeder Suppe, weil sie, wenn sie davor sitzen, so lange den Kopf schütteln, bis eins reinfällt.

So ein Typ war Thomas. Von ihm ging immer eine lähmende Wirkung aus, eine beklemmende Hoffnungslosigkeit, eine müde Resignation.

Zum Beispiel wollte Jesus mal mit seinen Jüngern nach Judäa gehen. Die Leute von Judäa hatten schon mal versucht, Jesus zu steinigen. Deshalb wollten die Jünger Jesus zurückhalten, aber Thomas sagt flügellahm: »Laßt uns mit ihm ziehen, damit wir mit ihm sterben.«

»Kommt, laßt uns sterben« — das ist vielleicht das trostloseste Wort, das in der Bibel steht. Thomas war eben ein Mensch, der bei Schwierigkeiten resigniert. Solche Menschen gibt's viele, auch unter Jugendlichen. Mehlsäcke auf Beinen, die reagieren auf keine Herausforderung, die kämpfen nicht, die lassen immer gleich die

Arme hängen: »Nuja. Is eben nix zu machen! Sinnlos. Asche.«

Wurstigkeit übelster Sorte

Die Resignation ist eine der größten Gefahren unserer Zeit, und sie wird immer größer. Ich beobachte das an anderen und vor allem an mir selber. Eine Hoffnung nach der andern muß ich begraben. Zum Beispiel die Hoffnung, reisen zu können, die Welt sehen zu können, wenigstens meine Freunde und Verwandten im Westen sehen zu können.

Der gute alte Goethe hat geschrieben: »Mir ist nicht bange, daß Deutschland eins werde, . . . daß der deutsche Taler und Groschen im ganzen Reiche gleichen Wert habe, eins, daß mein Reisekoffer durch alle deutschen Länder ungeöffnet passieren könne.«

Mir ist bange, jedenfalls manchmal, daß ich das nicht mehr erlebe. Vieles wird schlechter statt besser, und da nützt es mir auch nichts, wenn in der Zeitung das Gegenteil steht. Da lese ich z.B.: »Unsere Städte und Gemeinden sind schöner als je zuvor.« Aber noch nie in meinem Leben habe ich so viel Häßlichkeit und Dreck gesehen wie in unserer Stadt.

Na klar, wenn wochenlang die Asche nicht abgeholt wird und die Mülltonnen überquellen, da hauen die Leute die Asche eben einfach auf die Straße. Dem Beispiel derer folgend, die die Asche durch den Schornstein pusten und uns auf den Kopf schütten.

Die rücksichtslose Wurstigkeit, mit der sich die Stadtverwaltung und die Bevölkerung diese Sauerei ansehen, ist eine üble, übelriechende Form der Resignation. Es regt sich schon gar keiner mehr darüber auf, sondern alle zucken bloß die Schultern: keine Leute, keine Mülltonnen, keinen Diesel. Man gewöhnt sich daran.

Resignation hat keine Chance

Dabei ist das bloß ein Problem der *Umwelt*verschmutzung. Viel schlimmer ist es bei den Problemen der *Innenwelt*verschmutzung. Auf den Neujahrskarten, die ich gekriegt habe, ist mir mehrmals ein Wort begegnet, das ich noch nie auf solchen Karten gelesen habe, das Wort *Angst*. Da wurde ein Neues Jahr ohne Angst gewünscht.
Tief innen in den Menschen sitzt die Angst und breitet sich aus wie ein Krebsgeschwür, vor allem die Angst vor einem neuen Krieg. Viele haben ein Gefühl der Ohnmacht, nichts oder nur wenig gegen die Aufrüstung tun zu können, und sie resignieren. Am größten ist die Gefahr der Resignation jetzt bei denen, die deshalb, weil sie für Frieden und Abrüstung sind, in Schwierigkeiten kommen.
Ich denke da an diejenigen, die den Aufnäher mit der sowjetischen Plastik und dem Bibelwort »Schwerter zu Pflugscharen« tragen.
Es ist klar, daß durch die staatlichen Maßnahmen gegen die Aufnäher Verbitterung und Resignation ausgelöst werden. Und ich muß euch gestehen, daß ich selber immer wieder alle Kräfte zusammennehmen muß, um gegen Bitterkeit und Resignation anzukämpfen. Die Frage ist bloß: Woher kriegen wir diese Kraft?
Ich kriege sie durch den Glauben an den auferstandenen Jesus. Das ist meine Kraftquelle. Um das zu erklären, will ich euch jetzt die Geschichte vom Thomas weitererzählen.

Das glaubt ihr doch selbst nicht!

Thomas hatte keine Kraft mehr. Er hatte resigniert. Bei dem lief nix mehr. Und als er mal wieder bei seinen Kumpels vorbeikommt, kann er überhaupt nicht verstehen, warum die wie aus dem Häuschen sind. Die

schnattern alle auf ihn ein: »Mann, du hast was verpaßt! Jesus lebt! Der war hier! Genau da, wo du jetzt stehst, hat er gestanden, hier in diesem Zimmer, wir haben ihn gesehen und gehört, mit unseren eigenen Augen und Ohren.«
Thomas kann nur abwinken: »Ihr spinnt ja. Ihr seht ja schon Gespenster. Also, ich laß mich von euch nicht verrückt machen. Ich glaube nur das, was ich sehe. Für mich zählen nur Tatsachen. Und Tatsache ist: Jesus ist gekreuzigt worden und gestorben. Das habe ich gesehen.
Ich gebe zu: Seine Leiche ist verschwunden, sein Grab ist leer. Aber dafür wird sich schon noch irgendeine vernünftige Erklärung finden lassen. Vielleicht ist sie gestohlen worden, was weiß ich, aber daß er lebendig aus dem Grab rausgekommen ist und euch besucht hat, das glaub' ich euch nicht. Wenn ich ihn nicht sehen kann, wenn ich ihn nicht mit eigner Hand an seiner durchbohrten Hand anfassen kann, wenn ich nicht die Wunde an seiner Seite betasten, ihn testen kann, kann ich's nicht glauben.«
Thomas möchte gerne glauben. Aber er kann es nicht. Weil er zweifelt.

Jesus lebt nicht im Wald

Nun gibt es ja Typen, die ziehen grundsätzlich alles in Zweifel außer ihren eigenen Verstand. So einer war Thomas nicht. Er war kein intellektueller Spinner, der das Zweifeln zum Prinzip erhebt. Sondern er wollte ganz einfach Klarheit: Stimmt das nun mit Jesus oder nicht?
Für ihn ist der Glaube an Jesus nicht wie eine Anstecknadel, die man ein paar Jahre lang trägt und dann, wenn das Leben schwierig wird, wieder abmacht. Für ihn ist Jesus Lebensinhalt, überhaupt alles: Entweder ist das wahr, daß Jesus lebt, oder alles ist sinnlos. Aber einfach blind glauben, das kann Thomas nicht.
Kein Mensch verlangt von dir, daß du blind glaubst,

wenn ich dir sage: Jesus lebt. Ich verlange nur von dir, wenn's dich wirklich ehrlich interessiert, daß du die Sache testest. Und zwar so, wie jeder Wissenschaftler einen Test macht, wenn er die Wahrheit finden will. Zum Beispiel gehört zu einem ehrlichen Test, daß du dich von dem, den du testen willst, nicht entfernst, sondern möglichst nahe rangehst.

Angenommen, dir sagt einer: »Die Puhdys treten in der Stadthalle auf!« — Um zu prüfen, ob das stimmt, gehst du bestimmt nicht in den Zeisigwald. Die Puhdys sind zwar laut, aber bis zum Zeisigwald schaffen die's auch nicht, und wenn du dich außer Hörweite der Stadthalle begibst, hörst du zwar die Vögel im Wald zwitschern, aber nicht die Puhdys trällern. Wenn du die erleben willst, mußt du schon dorthin gehen, wo sie auftreten: in die Stadthalle.

Dir sagt einer: »Jesus lebt!« — Um zu prüfen, ob das stimmt, kannst du nicht in den Zeisigwald gehen, in die Natur, wo, vom Eise befreit, die Schneeglöckchen zu neuem Leben erwachen. Dort findest du Jesus nicht. Wenn du Jesus erleben willst, mußt du dorthin gehen, wo er ist: in die Kirche, wo du sein Wort hörst. Denn er hat gesagt: »Wo zwei oder drei zusammen sind in meinem Namen, da bin ich.«

Er geht ans Herz, nicht an den Kragen

Thomas kehrt, um seinen Jesus-Test zu machen, in den Kreis der Jünger zurück. Es vergeht ein Tag nach dem andern, aber es passiert überhaupt nichts. Kein Jesus zeigt sich. Thomas sagt zu den andern: »Na bitte — da habt ihr's! Ihr habt euch geirrt! Ich hab's doch gleich gesagt: Ihr habt euch das alles bloß eingebildet. Jesus ist tot, da ist nichts mehr zu machen, der kommt nicht wieder.«

Nach acht Tagen kommt Jesus doch. Johannes 20,26f: »Und nach acht Tagen waren seine Jünger abermals drinnen versammelt, und Thomas war bei ihnen. Kommt

Jesus, da die Türen verschlossen waren, und tritt mitten unter sie und spricht: Friede sei mit euch! Danach spricht er zu Thomas: Reiche deinen Finger her und sieh meine Hände und reiche deine Hand her und lege sie in meine Seite, und sei nicht ungläubig, sondern gläubig! Thomas antwortete und sprach zu ihm: Mein Herr und mein Gott!«

Jesus verurteilt Thomas wegen seines Unglaubens nicht. Jesus ist kein Parteichef, der ängstlich um seinen Thron bangt und jeden Kritiker an die Wand stellt. Er wird nicht gleich nervös, wenn einer mal einen Zweifel äußert. Er beantragt kein Disziplinarverfahren gegen Thomas wegen Zweifel an der Führungsspitze. Er schließt ihn nicht wegen mangelnder Linientreue aus. Er tritt ihm nicht mit der geballten Faust entgegen, sondern mit ausgebreiteten Armen: Friede sei mit euch!

Wer das sagt, kann dann nicht hinterher einen Zweifler und Abweichler fertigmachen. Und umgekehrt: Wer Zweifler und Abweichler, Andersdenkende und Abirrende fertigmacht, der meint, wenn er von Frieden redet, was anderes.

Friede sei mit euch! Das sagt Jesus zu allen. Aber dann wendet er sich an Thomas, an den Zweifler. An diesen einen. Dem sieht er in die Augen, den spricht er ganz persönlich an. Die anderen stehen zwar noch dabei, aber die sind jetzt nicht dran. Jetzt geht es nur um diesen einen.

Ich spreche jetzt auch nicht mehr euch *alle* an. Die vielen unter euch, die Jesus schon begegnet sind, sind jetzt nicht dran. Ihr gehört zu den Glücklichen, die wissen, daß Jesus lebt. Ihr habt im Moment nur eine Aufgabe: für die zu beten, die nicht glauben. An die wende ich mich jetzt.

Die Wahrheit kann was vertragen

Ich wende mich jetzt an den einen unter euch, der heute abend voller *Zweifel* hier sitzt. Dir möchte ich als erstes sagen: Du brauchst dich wegen deiner Zweifel nicht zu schämen. Zweifel sind normal! Lieber ehrlich gezweifelt als fromm geheuchelt!

Mendelssohn hat gesagt: »Man kann niemals überzeugt sein, wenn man niemals mit Vernunft gezweifelt hat.« Gerade durch Zweifel und Infragestellen kommst du zur Gewißheit. Wenn du zweifelst, bist du der Wahrheit ganz nahe! Hinter dem Zweifel des Thomas steckt mehr Glaube als hinter den Lippenbekenntnissen von Leuten, die bloß nachplappern, was andere sagen.

Und das zweite: Jesus kennt deine Zweifel. Und er hält deine Zweifel aus. Nur die Lüge fürchtet den Zweifel, weil sie die Entlarvung fürchtet. Die Wahrheit braucht den Zweifel nicht zu fürchten, einfach, weil sie die Wahrheit *ist*. Jesus hat von sich selber gesagt: »Ich bin die Wahrheit.« Deshalb reagiert er auf die Zweifel mit Gelassenheit und auf Bedingungen mit Großzügigkeit.

Thomas hatte Jesus eine Bedingung gestellt: Erst wenn ich dich betasten kann, kann ich an dich glauben.

Eigentlich darf man so was ja nicht machen. Man kann Jesus keine Bedingungen stellen: Erst wenn du das und das machst, glaube ich an dich. So was ist theologisch unzulässig. Aber das Wunderbare ist, Jesus macht das theologisch Unzulässige. Er läßt sich auf die Bedingung des Thomas ein. Noch bevor der einen Ton gesagt hat, sagt Jesus zu ihm: »Komm ruhig näher. Du darfst mich erfahren, mich fühlen.«

Es steht nicht hier, ob er ihn wirklich angefaßt hat. Das ist auch egal. Jedenfalls steht hier, Vers 28, daß Thomas antwortete: »Mein Herr und mein Gott!« Und damit ist aus dem ungläubigen Thomas ein gläubiger geworden. Denn glauben heißt nicht: fürwahrhalten, daß Jesus lebt, sondern glauben heißt: den lebendigen Jesus als

Herrn annehmen und anbeten. Ihm jetzt gehorchen, jetzt mit ihm rechnen — das ist Glaube.

Du kriegst es mit der Kraft zu tun

Thomas wollte erst was fühlen und dann glauben. Für dich gilt die umgekehrte Reihenfolge: erst glauben, dann fühlen.

Wenn du an den Auferstandenen glaubst, wirst du dreierlei fühlen: Erstens: seinen Frieden. Zweitens: seine Freude. Drittens: seine Kraft.

Du wirst die Kraft fühlen, gegen die Resignation anzukämpfen, die Sinnlosigkeit auszuhalten, mit der Angst fertig zu werden. Kraft, um aufzustehen, für die Wahrheit einzustehen, dem Unrecht zu widerstehen, wieder gerade zu stehen, das Leben zu bestehen.

Wenn du diese Kraft haben willst, dann nimm Jesus als den Herrn deines Lebens an, so wie der Thomas: »Mein Herr und mein Gott!« Aus diesem lahmen Pessimisten wurde ein aktiver Christ, bei dem ging echt was los, der ist losgegangen bis nach Indien, um dort von Jesus zu predigen.

Sag jetzt nicht: »Tja der Thomas, der hatte es gut. Der konnte Jesus sehen, aber ich kann ihn nicht sehen.« Nein, du kannst ihn nicht sehen. Aber hör mal zu, was Jesus noch zum Thomas gesagt hat. Da hat er nämlich von *dir* geredet und an dich gedacht — Jesus sagte zu Thomas: »Weil du mich gesehen hast, Thomas, glaubst du. Selig sind, die nicht sehen und doch glauben.«

Liebe mit Gebrauchsanweisung

Apostelgeschichte 24

Wer was haben will — z.B. ein Auto oder eine Flasche Wernesgrüner Bier — muß Schmiergeld zahlen. Ohne Schmiergeld läuft fast nichts mehr, und bei wem mit Geld nichts zu machen ist, dem muß man Honig ums Maul schmieren.

Zur Strategie des Bauchpinselns

So machten es auch der Hohepriester und der Hohe Rat der Juden. Sie hatten den Apostel Paulus verhaften lassen, und nach dramatischen Vorgängen war er in der römischen Untersuchungshaft gelandet. Er saß in Cäsarea, dort war der Amtssitz des römischen Prokonsuls Felix, und zu dem fuhren sie hin, um Paulus anzuklagen.

Sie hatten sich einen Rechtsanwalt gemietet, und der fängt seine Anklagerede an, indem er Felix Honig ums Maul schmiert. Apostelgeschichte 24,2f: »Daß wir in großem Frieden leben unter dir und daß diesem Volk viele Wohltaten widerfahren sind durch deine Fürsorge, edelster Felix, das erkennen wir allezeit und überall mit aller Dankbarkeit an.«

Alles Schwindel! Kein Wort davon ist wahr. Von Dankbarkeit des Volkes konnte überhaupt keine Rede sein, im Gegenteil: Das Volk hatte beim Kaiser seine Absetzung verlangt, und er hatte Reformen abgelehnt.

Für uns heute als evangelische Christen ist das nur ganz schwer verständlich, daß jemand gegen Reformen sein kann. Denn seit Luthers Reformation ist für uns der Grundsatz »Die Reformation geht weiter« eine Selbstverständlichkeit.

Für Felix war's eine Zumutung. Er wollte die Verhältnisse lassen, wie sie waren; ihm ging's ja gut, er hatte ja

all das, was der Bevölkerung fehlte. Und wenn ihm hier »Fürsorge fürs Volk« usw. bescheinigt wird, dann ist das eine Schmeichelei übelster Sorte.
Nachdem der Herr Rechtsanwalt diesen Schleim abgelassen hat, kommt er zur eigentlichen Anklage. Zunächst charakterisiert er den Angeklagten — Vers 5 — als Pestbeule; dann wirft er ihm dreierlei vor:
1. Er hat Aufruhr erregt »unter allen Juden auf dem ganzen Erdkreis« (man muß sich mal diese Übertreibung vorstellen).
2. Er ist Anführer der Sekte der Nazarener.
3. Er hat versucht, den Tempel zu entweihen.
Dazu der Hohe Rat kopfnickend im Chor: »So ist es.«
Jetzt winkt Felix dem Angeklagten. Ihn anzureden hat der hohe Herr nicht nötig, er gibt ihm nur durch einen hoheitsvollen Wink zu verstehen, daß er jetzt dran ist. Paulus erklärt ganz cool, daß es für Punkt 1 und 3 keine Beweise gibt, daß es sich also um Lügen handelt, so wie bis zum heutigen Tage immer wieder gegen Christen mit Lügen vorgegangen wird, gegen die sie sich nicht verteidigen können.

Jauche 1, Vers 3

Im Juli war ich in Manila auf den Philippinen zum Lausanne-Kongreß für Weltevangelisation. An einem Abend erzählten Menschen aus verschiedenen Teilen der Welt, wie sie als Christen verfolgt worden sind. Zum Beispiel berichtete ein Russe, daß er wegen seines missionarischen Wirkens zu neun Jahren Arbeitslager verurteilt worden war. Im Lager hat er wieder von Jesus geredet, daraufhin kam er als sogenannter christlicher Rädelsführer in die Dunkelzelle.
Ein anderer Bruder aus China schilderte, wie er während der Kulturrevolution in ein Arbeitslager gesteckt wurde. Er hat dort anderen Gefangenen von Jesus erzählt und wurde dafür mit einer Sonderbehandlung gestraft: Er mußte in die Jauchegrube,

tagelang in der menschlichen Scheiße stehen und sie rausschaufeln.
»Eines war dort gut«, hat er gesagt. »Dort war ich ganz allein. Dort konnte mich niemand hören. Dort konnte ich laut beten und singen und Bibelverse aufsagen, was sonst alles verboten war.« Und so hat er den ganzen Tag laut gebetet, »und deshalb«, so sagte er, »war ich gern in der menschlichen Jauchegrube. Dort habe ich meinen Herrn getroffen.«
Und dann hat er uns eines von den Jesusliedern, die er dort in der Grube gesungen hat, vorgesungen. Und ich kann euch sagen: Als dieser kleine chinesische Mann mit seiner dünnen, brüchigen Stimme in der riesigen Konferenzhalle sein Lied sang, da standen vielen der 4.000 Delegierten die Tränen in den Augen.
Und ich frage euch: Könnt ihr Lieder und Bibelworte auswendig, die ihr in so einer Situation aufsagen könntet? Wißt ihr überhaupt, wie froh ihr sein könnt, daß ihr nicht in so einer Situation seid? Und habt ihr überhaupt eine Ahnung, worauf ihr euch einlaßt, wenn ihr zu Jesus kommt? Ihr spaziert hier in den Gottesdienst und nehmt das als das Bonbon des Monats, während die Teilnahme am Gottesdienst in anderen Teilen der Welt lebensgefährlich ist.

Jesus ist intolerant

Jesus hat seinen Jüngern vorausgesagt, daß man sie verfolgen und mit Lügen fertigmachen wird, und Paulus war einer der ersten, der das erleben mußte. Wie gesagt, die Lügen der Anklage weist er zurück. Aber bei Punkt 2 der Anklage, er gehöre zur Sekte der Nazarener, steigt er voll ein. Er bekennt sich voll und ganz zum Christentum, wobei er nur richtigstellt, daß das keine Sekte ist, sondern der Weg, wie man zu Gott kommt. Und zwar der einzige Weg — genauso, wie es Jesus mal gesagt hat: »Ich bin der Weg, die Wahrheit und das Leben, niemand kommt zum Vater außer durch mich.«

Das klingt nicht nur intolerant, das ist intolerant, das ist der Alleinvertretungsanspruch von Jesus, der alle anderen Wege und Religionen ausschließt: Ohne Jesus kommt keiner zu Gott.
Diesen Absolutheitsanspruch des Christentums hat der Ökumenische Weltrat der Kirchen aufgegeben. Auf der letzten Tagung in San Antonio ist gesagt worden: Jesus ist »nicht der einzige Weg, wenn das heißen soll, daß alle, die nicht den Namen Jesus als einzigen Weg benennen, keinen Paß für den Himmel haben.« In der Bibel steht aber, daß den Menschen »kein anderer Name gegeben ist, durch den sie gerettet werden«, als Jesus. Also widerspricht die Lehre des Weltrates der Kirchen in diesem Punkt eindeutig der Bibel.
Nun ist aber gerade die ungebrochene Stellung zur Bibel ein Kennzeichen der wahren Christen. Paulus sagt hier, Vers 14: »Ich bekenne, daß ich allem glaube, was geschrieben steht im Gesetz und in den Propheten.«

Fummeln ist modern

Diesen Satz können heute viele nicht nachsprechen. Es glauben keineswegs alle alles, was in der Bibel steht, im Gegenteil: Vom Konfirmanden bis zum Theologieprofessor, vom Kirchenvorstand bis zum Weltkirchenrat hat jeder irgendwo irgendwelche Bedenken gegen irgendwas, was in der Bibel steht, weil es seiner Erkenntnis, Erfahrung, Vernunft oder was weiß ich widerspricht. Es sind ja heute alle, selbst wenn sie die Bibel nie gelesen haben, viel zu klug und gebildet, um das zu glauben, was da steht.
Mensch, Paulus war einer der größten Denker der Menschheit! Und da kommt ihr mit euren paar Jahren Schul- oder Hochschulbildung angekrochen und wagt es, an der Bibel rumzufummeln und die Weisheit der göttlichen Offenbarung in Frage zu stellen? Paulus war der größte Theologe der Kirche, dem das ganze Heer der modernen Meckerer nicht das Wasser reichen

kann. Dieser Geistesriese war sich nicht zu schade, vor seinen theologischen Anklägern und weltlichen Richtern den geradezu kindlichen Satz zu sagen: »Ich glaube allem, was im Gesetz und in den Propheten geschrieben steht.«
Zu diesem Satz möchte ich mich ausdrücklich auch bekennen. Ich glaube allem, was in der Bibel steht. Und ich weigere mich, mich an dem modernen Schwindel zu beteiligen, der eine Aussage nach der anderen aus der Bibel streicht.
Zum Beispiel fangen die Feministinnen an, die Bibel umzumodeln. Die sagen nicht mehr »der Herr segne dich«, sondern »Gott segne dich«, weil sie das Wort »Herr« ablehnen. Die beten nicht mehr »Vaterunser«, sondern »Mutterunser«. Eine hat die Zehn Gebote umgeschrieben in Zehn Erlaubnisse, da heißt es nicht mehr »du sollst nicht ehebrechen«, sondern »du darfst ehebrechen« usw.
Ich persönlich verbuche *diesen* feministischen Mist unter Gotteslästerung und halte dieses Zeug für genauso falsch wie die Leugnung der Göttlichkeit von Jesus, die Leugnung der Wunder oder die Leugnung der Auferstehung.

Paulus steht auf Auferstehung

Gerade auf die Auferstehung kommt es Paulus am meisten an. Deshalb sagt er nach seinem Bekenntnis zur Autorität der Bibel im nächsten Satz (Vers 15): »Ich habe die Hoffnung, daß es eine Auferstehung der Gerechten und Ungerechten geben wird.«
Es gibt nur einen einzigen Grund, warum Paulus durch die ganze Welt und von einem Gefängnis ins andere wandert: Er ist dem Auferstandenen begegnet! Nachdem sie Jesus gekreuzigt und begraben hatten, hat er den Paulus mitten auf der Straße angeredet. Das war die Initialzündung, seitdem ist Paulus auf Achse, um allen Leuten zu sagen: Jesus ist der im Alten Testament

angekündigte Messias, den Gott durch die Auferstehung bestätigt hat.
Das ist seine Botschaft, das ist das, was die Juden nicht hören wollten, das ist der wahre Grund für seine Verhaftung. Offiziell kam zwar in der Anklage das Thema Auferstehung überhaupt nicht vor, aber Paulus behauptet im Schlußsatz seiner Verteidigungsrede, daß genau das der springende Punkt ist. Vers 21: »Um der Auferstehung der Toten willen werde ich von euch heute angeklagt.« Damit ist die Verhandlung zu Ende. Felix verschiebt den Prozeß, Paulus wird wieder in die Zelle abgeschoben.
Nun steht hier in Vers 22: »Felix wußte sehr genau über diese Lehre Bescheid.« Er hatte also nicht zum ersten Mal von der Auferstehung und von Jesus gehört, aber er war vielleicht zum ersten Mal einem Menschen begegnet, der volles Rohr an die Bibel und an Jesus glaubte.
Und jeden Abend, wenn Felix vor seinem Kaminfeuer sitzt und Salzstangen knabbert, knaupelt er an einer schweren Frage. Die Frage lautet: Wenn das wirklich wahr ist, was der Paulus sagt — was mach' ich dann? Denn *das* ist ihm klar: Wenn das mit der Auferstehung stimmt, dann stimmt mein ganzes Leben nicht mehr. Dann kann ich nicht mehr leben wie bisher, dann muß ich mein ganzes Leben ändern.

Felix mit Schwein macht Karriere

Nach ein paar Tagen hält er es einfach nicht mehr aus. Er muß mehr wissen über den Glauben an Jesus. Und da läßt er sich den Paulus noch mal kommen. Anwesend bei dem Treffen ist noch seine Frau Drusilla. Diese beiden, Felix und Paola — Verzeihung: Felix und Drusilla, waren ein sauberes Pärchen, und bevor ich euch mit Madame Drusilla bekanntmache, muß ich euch erst noch ein paar Informationen über Felix geben.
»Felix« heißt auf deutsch »der Glückliche«. Ob er

wirklich glücklich war, weiß ich nicht; ich weiß nur, daß er Schwein gehabt hat. Von Geburt war er nämlich ein Sklave. Später wurde er freigelassen und stieg, als Günstling des Kaisers, Stufe um Stufe nach oben.
Felix war ein skrupelloser Emporkömmling, geizig, ungerecht, unbeliebt, der seine Regierungszeit benutzte, um in die eigene Tasche zu wirtschaften. Der römische Geschichtsschreiber Tacitus urteilte über ihn, daß er »die Macht eines Königs mit der Gesinnung eines Sklaven ausgeübt hat«. Er fiel übrigens später in Ungnade, kam in die Verbannung und starb dort.
Hier ist er aber noch quicklebendig und sitzt neben seiner dritten Frau, Madame Drusilla, die aber gar nicht seine Ehefrau war. Die war von Geburt eine Prinzessin, Tochter des Königs Agrippa. Sie war schon als Kind mit einem Prinzen verlobt, aber diese erste Ehe kam nicht zustande.
Als Felix sich in Drusilla verknallte, war sie gerade mit dem König Azizus von Edessa verheiratet, aber das störte Felix nicht. Durch einen Magier ließ er sie dazu überreden, ihren Mann zu verlassen und zu ihm zu ziehen. Sie waren also alle beide verheiratet, hatten beide ihren Ehepartner verlassen und sich zusammengeschmissen — wie gesagt: ein sauberes Pärchen. Und die beiden ließen — Vers 24 — »Paulus kommen und hörten ihn über den Glauben an Jesus Christus«.
Unaustilgbar fest sitzt die Frage nach Gott und die Sehnsucht nach Frieden mit Gott auch im Herzen eines brutalen Machthabers und einer Ehebrecherin. So sitzen sie nun da, der Herr Glücklich und die Frau Drusilla, geschminkt, gepudert und geliftet, aber niedergedrückt vom schlechten Gewissen. Behangen mit Gold und Diamanten, aber beladen mit Schuld. Ausgestattet mit Vollmacht über Leben und Tod, aber angekettet an die Macht der Sünde. Vollgestopft mit Leckerbissen, aber mit einem leeren, unbefriedigten Herzen.

Die Predigt vom Fettnäpfchen

Da wird Paulus reingeführt. Man sagt ihm, er solle über den Glauben an Jesus sprechen. Jeder andere hätte in dieser Situation gedacht: »Das ist die von Gott gegebene Chance, wieder freizukommen. Dieser Mann hat meine Zukunft in der Hand. Wenn ich den für mich gewinne, läßt er mich vielleicht laufen. Also heute diplomatisch leise treten, damit ich morgen wieder draußen als Prediger auftreten kann. Meine Ankläger sind nicht hier, nur dieses gestylte Weibsbild mit der Wespentaille, die darf ich auf keinen Fall verschnupfen, sonst ist gleich Essig. Aber wenn ich der 'ne Nettigkeit sage, legt die vielleicht ein gutes Wort für mich bei Felixen ein.
Auf alle Fälle hat Gott schon an ihrem Herzen vorgearbeitet. Die wollen von Jesus hören! Die dürfen auf keinen Fall abgestoßen werden, die darf ich jetzt nicht zu hart anpredigen, da muß ich alle anstößigen Themen vermeiden. Am besten, ich predige über die Liebe, und dann noch paar Bemerkungen zum sozialen Engagement der Kirche, das hören die von der Regierung immer gerne.«
So ungefähr hätte jeder andere gedacht. Und was hat mein Paule gemacht? Er predigt von der Gerechtigkeit, von der Enthaltsamkeit, vom zukünftigen Gericht. Ausgerechnet! In noch mehr Fettnäpfchen konnte er nun wirklich nicht reintreten. Bei dieser Themenwahl war jede Chance, die Hörer für sich zu gewinnen, im Eimer. Aber Paulus will ja die beiden nicht für sich gewinnen, sondern für Jesus. Er will ja nicht seine Haut retten, sondern daß die beiden gerettet werden.
Selbstverständlich weiß er über die beiden Bescheid. Aber er läßt sich weder durch ihr großmäuliges Auftreten noch durch ihr großartiges Aussehen täuschen. Sondern er sieht hinter ihrer Fassade das, was sie sind: zwei Menschen, also zwei Sünder.
Und ihr, meine verehrten Mitchristen, Halbchristen und

Atheisten, ihr seid auch nichts anderes, und ihr braucht auch nichts anderes als die beiden, nämlich die Vergebung eurer Sünden.
Paulus sieht vor sich zwei Sünder, die ewig verlorengehen, wenn sie nicht an Jesus glauben. Sie wollen vom Glauben hören, sie sollen vom Glauben hören, aber dann müssen sie auch hören, wo sie sich ändern müssen.

Menschen wie Müll

Deshalb spricht Paulus als erstes von der Gerechtigkeit, ein Reizwort bis heute. Ob Friedensdekade oder konziliarer Prozeß – überall taucht das Wort Gerechtigkeit auf.
Ich habe vorhin schon erwähnt, daß ich in Manila auf den Philippinen war. Dort gibt es 5 % Reiche, 15 % Mittelschicht, 80 % Arme, also eine grotesk ungerechte Verteilung der Güter. Und es ist eine Armut, die atemberaubend ist. In Manila leben beispielsweise Hunderttausende von Kindern ohne Eltern einfach auf der Straße. Ich habe gesehen, wie sie unmittelbar am Rand einer Straße mit wahnsinnigem Autoverkehr eine Art Hundehütte aus Pappe gebastelt haben, in der sie unterkrochen.
Und dann habe ich die Smoky Mountains gesehen, die Müllkippe von Manila. Wißt ihr, wie eine Müllkippe bei tropischer Hitze stinkt? Der Gestank ist schon ein paar Kilometer vorher kaum auszuhalten, auch wenn man sich ein Taschentuch vor Mund und Nase preßt.
Und dort – mitten im Müll, auf dem Müll – leben 180.000 Menschen in 17.000 Hütten auf eineinhalb Quadratkilometern. Die kratzen dort rum nach Abfall, den sie noch verkaufen können, Blech und Papier. Die leben dort mit Kind und Kegel. Wenn du das siehst, bist du sprachlos, hilflos, es ist unbeschreiblich, unmenschlich, einfach Wahnsinn. Du stehst da und sagst die ganze Zeit nur laut vor dich hin: Mein Gott, das darf nicht wahr sein, erbarme dich!

Wenn du das siehst, könntest du auf der Stelle zum Kommunisten werden, nur muß ich euch sagen: Ich habe dort auf der Müllkippe keinen Kommunisten getroffen und kein Parteibüro gesehen. Aber ich habe eine Hütte gesehen, da war ein Kreuz darauf — das Zeichen von Jesus, der auf der Müllkippe von Jerusalem starb, um die Menschen zu erlösen. Da hatten Christen eine kleine Kapelle gebaut, wo sie die Kinder unterrichteten und halfen, so gut es ging. Diese Christen, die zum Teil mit ihren Familien in den Slums leben, das sind für mich die Größten. Weil die nicht bloß reden. Sondern weil die handeln.
Ich konnte dort nichts tun, ich konnte als Europäer auch nicht sagen, was die dort gegen die Ungerechtigkeit tun können. Aber es geht jetzt nicht um andere Christen und die Frage der Gerechtigkeit in einem anderen Land, sondern um uns und die Frage der Gerechtigkeit in unserem Land.
Bei diesem Thema muß ich mich zusammenreißen, damit ich nicht ausraste. Ich wähle deshalb ein harmloses Beispiel, und zwar die nichtvorhandenen Toiletten auf der Autobahn. Das heißt, es sind welche vorhanden, aber nicht für DDR-Bürger, und das ist eben die Ungerechtigkeit. Für die Westdeutschen gibt's Parkplätze, die wir allerdings nicht betreten dürfen. Da gibt's für die Bundis richtige Klos, damit die kultiviert kacken können, wir DDR-Bürger gehen ins Gebüsch.
Diese und alle anderen Ungerechtigkeiten bis hin zu den Reisen und Preisen gehen uns allen auf die Ketten. Ich hab' gehört, daß es jetzt im »Delikat« Butter für 6,50 Mark gibt. Da möchte ich doch mal wissen, was das für ein Zeug ist, das wir Normalverbraucher für 2,50 Mark unter der Bezeichnung »Butter« zu fressen kriegen.

Sex im Sinne des Erfinders

Es ist eben mit der Gerechtigkeit in der DDR nicht alles in Butter, aber ich will mit Einzelheiten aufhören. Die

Bibel erwähnt auch nicht, was der Paulus im einzelnen zum Thema Gerechtigkeit ausgepackt hat. Sie erwähnt nur die Reaktion des Felix, nämlich daß der einen großen Schrecken bekam. Schließlich kam es ja nicht alle Tage vor, daß diesem Staatsbeamten, der sich auf Kosten seines Volks einen Fetten machte, ein Untersuchungshäftling eine Predigt über Gerechtigkeit hielt.
Felix weiß vor Schreck gar nicht, wohin er gucken und was er sagen soll, und ehe ihm was einfällt, kommt Madame Drusilla an die Reihe. Paulus behandelt einen neuen Punkt: Enthaltsamkeit. Und das vor den Ohren einer Ehebrecherin! Paulus hat den Mut, diesen beiden lockeren Vögeln die biblische Sicht von Sexualität und Ehe zu erklären.
Sex ist eine Gabe Gottes zur Freude und Vermehrung des Menschen. Damit der Mensch mit diesem schönen Geschenk auch richtig umgehen kann, hat Gott eine Gebrauchsanweisung mitgeliefert, das ist das 6. Gebot: »Du sollst nicht ehebrechen«. Das heißt: Ehebruch und Sex vor und außerhalb der Ehe ist nicht im Sinne des Erfinders, sondern im Sinne Gottes Sünde.
Das war für Drusilla nichts Neues. Sie war Jüdin und kannte die Gebote der Bibel ganz genau, und — ob Jude oder nicht — im Herzen und Gewissen weiß das jeder Mensch, du auch. Neu war ihr vielleicht nur, daß es Menschen gibt wie Paulus, die sich nach den Geboten richten.
Ihr wißt in euren Herzen doch auch ganz genau, daß es nicht in Ordnung ist, in der Ordnung Gottes, wenn ihr dauernd mit jemand anderem schlaft. Aber weil's alle so machen, macht ihr mit und wundert euch bloß, daß es in der Kirche immer noch ein paar verkalkte Oldies gibt, die an den Geboten Gottes festhalten.
Drusilla besitzt nicht die Frechheit, Paulus als verkalkt abzuqualifizieren, als ob er nicht auf der Höhe der Zeit wäre, weil er die Gebote der Bibel ernster nimmt als die Gedanken von Professor Borrmann. Sie hält die Klappe

und schlägt die Augen nieder, weil sie sich von dem Anspruch Gottes auf ein reines Geschlechtsleben voll getroffen fühlt.

Ja-nein-weißnicht

Aber Paulus ist noch nicht fertig. Jetzt kommt er zum dritten Punkt seiner Predigt: das zukünftige Gericht. Es kommt das letzte Gericht, von dem kein König und kein Staatschef befreit ist, und auch alle die, die auf der Erde auf den höchsten Posten sitzen, müssen sich vor dem Thron des Höchsten verantworten.

Es kann ja jeder leben, wie er will; wenn du dich nicht nach den Geboten Gottes richten willst, dann kannst du's ja sein lassen, und Gott wird dich machen lassen. Aber er läßt dir jetzt durch mich ausrichten, daß er dich für alles richten wird. Und auch wenn du heute Jesus als Herrn ablehnst, wirst du ihn am Jüngsten Tag anerkennen müssen. In den Herrnhuter Losungen steht für heute das Bibelwort: »In dem Namen Jesu sollen sich beugen all derer Knie, die im Himmel und auf Erden und unter der Erde sind, und alle Zungen sollen bekennen, daß Jesus Christus der Herr ist.«

Als Felix die Gerichtsbotschaft hört, erschrickt er. Ihn hat das Wort Gottes getroffen, so wie es manche von euch heute getroffen hat, und er hat genau begriffen: Es ist Zeit, eine Entscheidung zu treffen. Eine Glaubensentscheidung. Aber dann schiebt er alles von sich. Vers 25: »Für diesmal bist du entlassen. Wenn sich die Gelegenheit ergibt, will ich dich wieder rufen lassen.«

Und was ist, wenn sich die Gelegenheit nicht noch mal ergibt? Wenn es einmal zu spät ist? Felix liebte das Verschieben — im Prozeß des Paulus vor den Juden und im Prozeß seines Lebens vor dem lebendigen Gott. Er sagt kein klares Nein, aber auch kein klares Ja, er läßt alles in der Schwebe. So gehen Menschen verloren.

Willst du denn auch verlorengehen? Ich frage jeden von euch, der sich noch nicht klar für Jesus entschieden hat: Willst auch du verlorengehen? Mit den Worten des Apostels Paulus bitte ich dich im Namen Jesu: »Laß dich versöhnen mit Gott!«